Amelie Morgner • Zwischen Hoffnung und Bangen

Amelie Morgner

Zwischen Hoffnung und Bangen

Novelle

AUGUST VON GOETHE LITERATURVERLAG

IM GROSSEN HIRSCHGRABEN ZU FRANKFURT A/M

Das Programm des Verlages widmet sich
– in Erinnerung an die
Zusammenarbeit Heinrich Heines
und Annette von Droste-Hülshoffs
mit der Herausgeberin Elise von Hohenhausen –
der Literatur neuer Autoren.
Das Lektorat nimmt daher Manuskripte an,
um deren Einsendung das gebildete Publikum
gebeten wird.

Ein Unternehmen der Holding
FRANKFURTER VERLAGSGRUPPE
AKTIENGESELLSCHAFT AUGUST VON GOETHE
In der Straße des Goethehauses/Großer Hirschgraben 15
D-60311 Frankfurt a/M
Tel. 069-40-894-0 ✻ Fax 069-40-894-194
email: lektorat@frankfurter-literaturverlag.de

Medien- und Buchverlage
DR. VON HÄNSEL-HOHENHAUSEN
seit 1987

Websites der Verlagshäuser der Frankfurter Verlagsgruppe:

www.frankfurter-verlagsgruppe.de
www.frankfurter-literaturverlag.de
www.frankfurter-taschenbuchverlag.de
www.august-goethe-literaturverlag.de
www.fouqué-literaturverlag.de
www.weimarer-schiller-presse.de
www.deutsche-hochschulschriften.de
www.deutsche-bibliothek-der-wissenschaften.de
www.haensel-hohenhausen.de

Bibliografische Information der Deutschen Nationalbibliothek
Die Deutsche Nationalbibliothek verzeichnet diese Publikation in der Deutschen
Nationalbibliografie; detaillierte bibliografische Daten sind im Internet
über http://dnb.ddb.de abrufbar.

Lektorat: Martina Bahrke
Satz und Gestaltung: Josephine Winkler
ISBN 978-3-8372-0538-1

Gedruckt auf säurefreiem, alterungsbeständigen Papier,
hergestellt aus chlorfrei gebleichtem Zellstoff (TcF-Norm)

Printed in Germany

Für meine Familie.
In Dankbarkeit
Amelie

Die Sonne scheint durch das große Fenster und kitzelt mich an der Nasenspitze. Verschlafen wandert mein Blick zum Wecker. Noch ein Viertelstündchen ruhen, denke ich mir. Ich ziehe mir die Bettdecke über den Kopf und drehe mich zur anderen Seite. Wahrscheinlich bin ich noch einmal eingeschlafen, denn ich schrecke hoch, als mein Mann Robert in der Tür steht und fragt, ob ich denn nicht aufstehen will. „Doch, schon, aber heute ist mein freier Tag", antworte ich. Robert dreht sich um und verschwindet in der Küche.

Robert ist sechsunddreißig Jahre und von sportlicher Statur. Seine dunkelbraunen Augen und kurzen schwarzen Haare faszinierten mich schon damals. Vor sechzehn Jahren lernten wir uns, beide damals im zarten Alter von zwanzig Jahren, kennen. Es war ein herrlicher Sonntag. Die Sonne schien den ganzen Tag. Am blauen Himmel zogen nur vereinzelte Federwölkchen entlang. Ich lag im Garten auf einer Liege und blätterte in einem Fachbuch durch das Kapitel über die Funktionsweise des Kleinhirns. Ich legte die Literatur zur Seite und trank eisgekühltes Wasser. Schüttelte die Sonnensprayflasche, besprühte mich mit Sonnenmilch und cremte meinen Körper ein. Anschließend rückte ich den Liegestuhl in den Schatten und widmete mich wieder dem Buch. Den gesamten Tag über war ich draußen, las in Büchern und erhob mich nur zum Essen. Nach dem Abendbrot stand ich vor dem Spiegel und überlegte, was ich heute abend anziehen sollte. Ein rotes T-Shirt und eine kurze Jeanshose? Oder ziehe ich doch ein geblümtes Kleid an? Ich entschied mich für ein neongelbes bauchfreies T-Shirt und einen schwarzen Minirock. Holte die Pfennigabsatzschuhe aus dem Schrank und zog die dunkle Lederjacke über.
In einer Stunde war ich mit meiner Freundin Anna am Rathaus verabredet. Gemeinsam wollten wir zur Disco gehen. Ich fuhr mit dem Bus in die Stadt. Zeitgleich trafen wir ein. Gemeinsam zogen wir durch die abendliche Innenstadt. Draußen war es schon kühler geworden und ich war froh, eine Jacke bei mir zu haben. Vor den Kaffees und in den Biergärten amüsierten sich viele Menschen, lieferten sich vernehmbare Unterhaltungen und tranken Bier oder Cocktails. Wir liefen zur „Esplanade", einer Discothek im Zentrum der Stadt. Pünktlich um zwanzig Uhr öffneten sich die Türen zum Tanzlokal. Wir betraten die Disco und wurden neugierig von den ersten um-

hersitzenden Männern in Augenschein genommen. Eine Stunde später füllte sich die Tanzfläche. Anna und ich tanzten ausgelassen, bestellten uns zwei Piña Colada und tranken diese genüßlich. Später verließen wir die „Esplanade“ und liefen durch die City. Unterdessen breitete sich bei mir ein Hungergefühl aus. Wir nahmen Kurs auf die Pizzeria „Andria“ am Marktplatz. Es war ein kleines gemütliches italienisches Restaurant mit sich anschließendem Freisitz. Im Halbdunkel des Biergartens sahen wir eine Gruppe von Bikern, welche vertraut zusammensaßen. Es waren vier Jungen und zwei Mädchen, die sich lautstark miteinander unterhielten. Einer fiel mir auf den ersten Blick auf. Er hatte kurze schwarze Haare und trug wie ich eine dunkle Lederjacke. Zaghaft tauschten wir kurze Blicke miteinander aus. In diesem Moment spürte ich ein Kribbeln in der Magengegend. „Was für ein Gefühl ist es, mit einem Motorrad zu fahren?“, fragte ich Anna. „Frag ihn doch“, war ihre Antwort. Aber dazu war ich viel zu schüchtern. Wir setzten uns an einen leeren Tisch gegenüber und beobachteten die Jungs. Ich bestellte Tortellini mit Käsesoße. Es schmeckte hervorragend. Noch während des Essens wurde ich hektisch. Die Biker hatten bereits bezahlt und waren im Aufbruch. Einer nach dem anderen setzte seinen Helm auf und nahm auf seinem Motorrad Platz. Umgehend beglichen auch wir die Rechnung und standen von unseren Plätzen auf. Doch was nun? Sie anzusprechen traute ich mich nicht. Die Kerle tuschelten miteinander. Plötzlich fragte mich der Junge mit den kurzen schwarzen Haaren nach meinen Namen, und ob er mich nach Hause fahren könnte. Mein Herz pochte wie wild und ich bekam kaum einen Laut heraus. „Virginia ist mein Name, aber alle nennen mich Gina.“ „Und ich bin Robert.“ Ich stand da wie versteinert und wußte nicht, was ich sagen sollte. „Steig auf. Ich fahr dich nach Hause“, hörte ich ihn sagen. Rasch verabschiedete ich mich von Anna und versprach ihr, sie am nächsten Morgen anzurufen. Ich setzte mich auf das Motorrad und war zur Fahrt bereit. Kaum sagte ich ihm meine Adresse, da heulte auch schon der Motor auf. Mit einem Mal wurde ich unruhig. Jetzt saß ich hier bei einem wildfremden Burschen auf dem Krad und wußte nicht, ob ich unversehrt zu Hause ankam. Ich hielt den Atem an. Meine Muskeln verkrampften sich, als er entgegengesetzt meiner Wohnrichtung durch die Stadt fuhr. Schweißperlen traten auf meine Stirn. Mein Herz schien für einen Augenblick auszusetzen. „Ich bin verrückt“, dachte ich mir. Wie konnte ich nur so leichtsinnig sein? Doch wenige Kurven später schwenkte er in Richtung Heimat. Langsam normalisierte sich mein Puls und die Muskeln entspannten sich. Erst jetzt, wo ich ruhiger geworden war, fiel mir ein, daß man nicht auf direktem Weg durch die Stadt fahren konnte. Die Verkehrsschilderung führte uns im großen Bogen über den Stadtring. Endlich hielten wir vor meiner Haustür an. Der Motor verstummte und es wurde mit einem Mal ganz still. Erleichtert stieg ich mit wackligen Beinen von der Maschine ab. Da standen wir nun. Robert erzählte mir von seinen Freunden und dem Motorradfahren, seiner großen Leidenschaft. Zum Abschied reichten wir uns die Hand und verabredeten uns für das kommende Wochenende. „Bis Samstag mittag“, sagte ich. Dann heulte auch schon der Motor auf. Robert gab Gas und brauste davon.

Ich ging ins Haus und erzählte meinen Eltern aufgeregt von meiner Bekanntschaft. Von meiner Angst erwähnte ich kein Wort. Meine Mutter hielt mir erst einmal eine Moralpredigt, wie leichtfertig ich gewesen sei, alleine mit einem wildfremden Mann, und auch noch auf dem Motorrad, mitzufahren. „Mädchen, was hätte nicht alles passieren können.“ Im Grunde gab ich ihr recht, antwortete aber beschwichtigend: „Dieser Fremde heißt Robert und scheint ein netter Junge zu sein.“ Nachdem ihre Schimpftirade beendet war, wartete sie mit mir gespannt auf das Wochenende, um ihn kennenzulernen.

Am nächsten Morgen war ich früher als sonst munter. Ich deckte den Frühstückstisch für meine Eltern und meine jüngere Schwester. Mit einem breiten Grinsen im Gesicht stand Henriette hinter mir und fragte mich: „Wer war der Typ von gestern abend?“ Noch ehe sie eine Antwort abwartete, schnappte sie sich zwei Schokoladencroissants und verschwand mit einem Rucksack voller Bücher aus dem Haus, um mit ihrer Freundin für die Abiturprüfung zu lernen. Sie wollte unbedingt Anglistik studieren.

Ich hatte mich für den Beruf Biologielaborantin entschieden. Im Anschluß daran wollte ich Biologie studieren. Seit jener Zeit arbeite ich an der Universität. Da jedoch zum damaligen Zeitpunkt an der Fakultät massive Stellenstreichungen vorgenommen wurden und meine Stelle gesichert war, blieb ich am Institut, um Geld zu verdienen. Mein Wunsch, eine Familie zu gründen und zwei Kinder mein eigen zu nennen und für diese zu sorgen, war stärker als ein unsicherer

Karrieresprung. So verzichtete ich auf mein Biologiestudium. Statt dessen besuchte ich berufsbegleitend die Medizinische Fachschule, um den Abschluß als Medizinisch-technische Assistentin zu erhalten. Zwei Jahre später würde ich die Berufsbezeichnung MTA führen dürfen. Doch damals befand ich mich noch in der Ausbildungsphase.
Ich rief Anna an und schwärmte ihr von Robert vor, daß ich ihn attraktiv fände und ihn richtig kennenlernen wollte. Aufgeregt berichtete ich ihr von der aufreibenden Motorradfahrt.
Die Arbeitswoche verstrich einigermaßen zügig. Jedoch am Sonnabend verging die Zeit in der Schule nur schleppend. Ständig wanderte mein Blick zur Uhr. Wann waren die Unterweisungen endlich zu Ende? Schließlich waren die Unterrichtsstunden vorbei. „Ob Robert mich abholt?“, fragte ich Anna. Sie war nicht nur meine Freundin, sondern besuchte mit mir gemeinsam die Medizinische Fachschule. „Ganz bestimmt. Er wird dich schon nicht vergessen haben.“ Als wir das Gebäude verließen, war weit und breit nichts von Robert zu sehen. Traurig blickte ich zu Anna herüber. Im selben Moment hörte ich ein dröhnendes Motorradgeräusch in der Ferne. „Vielleicht ist er es“, sprach ich mehr zu mir selbst. Kurz darauf hielt Robert vor mir mit seiner dunkelblauen Kawasaki VN 750. Ich lächelte ihn an und begrüßte ihn mit „Hallo“. „Tschüß, Anna, bis Mittwoch.“ Und schon schwang ich mich auf den Chopper. Sogleich brausten wir davon. Ich schmiegte mich fest an seinen warmen Körper und „legte“ mich in jede Kurve hinein. Bei dieser Fahrt war ich wesentlich entspannter auf dem Krad als beim ersten Mal.
Wir fuhren zu meinen Eltern zum Mittagessen. Meine Mutter war so aufgeregt wie ich. Sie reichte ihm die Hand, noch bevor ich ihn richtig vorgestellt hatte. Wir setzten uns im Garten unter den großen Walnußbaum und aßen eines meiner Lieblingsgerichte. Meine Mutter hatte extra für mich Krautnudeln zubereitet. Robert schaufelte das Essen nur so in sich hinein und verlangte gleich darauf noch einmal Nachschlag. Meine Eltern unterhielten sich angeregt mit meiner Bekanntschaft. Nachdem unsere Bäuche gefüllt waren, fuhren wir weiter zu seinen Eltern. Der Weg führte uns durch den Auwald. Die Bäume waren inzwischen alle mit grünen Blättern geschmückt. Ein frischer Frühlingsduft lag in der Luft. Wir fuhren vorbei an der alten Kirche bis hin zum Theater. Unmittelbar daneben hielten wir vor einem dreistöckigen Mietshaus an. In der ersten Etage erwarteten

uns seine Eltern. Ich wurde freundlich begrüßt. Der Zitronenkuchen stand schon auf dem Tisch und der Kaffee lief durch die Maschine. Wir plauderten einige Zeit miteinander und am Abend fuhr mich Robert nach Hause.
Wir verabredeten uns immer häufiger. Mit der Zeit lernten wir uns immer besser kennen. Über Monate hinweg brachte er mir regelmäßig Blumensträuße mit. Meine Freundinnen beneideten mich sehr darum. Allerdings verhielt er sich manchmal etwas merkwürdig. Er liebte es, alle Leute, inklusive mich, mit fingierten Nachrichten zu schocken. Damals tat ich dieses als Marotte ab und glaubte, mit der Zeit würde er sich ändern. Später fing ich an, die vorgetäuschten Mitteilungen zu ignorieren.
Bereits nach wenigen Wochen zogen wir zusammen in eine Zweieinhalb-Raum-Wohnung. Unsere Einrichtung war zum damaligen Zeitpunkt eher spartanisch. Im Wohnzimmer stand ein kleiner Glastisch vor einem ausrangierten Sofa. Wir schliefen in der Stube, da es das wärmste Zimmer war. Wir lagen auf schmalen Luftmatratzen und deckten uns mit warmen Schlafsäcken zu. In der kleinen Küche befanden sich ein Herd, Kühlschrank und eine Arbeitsplatte. Das Zimmer war zu schmal, um einen Eßtisch aufzustellen, daher aßen wir immer im Wohnzimmer. Das Schlafzimmer und das kleine, schlauchförmige Kinderzimmer standen leer.

Den ersten gemeinsamen Sommerurlaub verbrachten Robert und ich in Frankreich. Natürlich fuhren wir mit dem Chopper. In nur wenigen Gepäckstücken wurden die Sachen verstaut. Pro Person stand nur eine Satteltasche für die Bekleidung zur Verfügung. So lief ich lange vor dem Kleiderschrank auf und ab und überlegte, was ich wohl am besten einpackte. In null Komma nichts war meine Tasche voll mit Klamotten. Im Tankrucksack verstauten wir die Luftmatratzen und die Regenkombis. Obendrauf lag der Atlas. In das Topcase kamen das Kochgeschirr und die Schlafsäcke. Darüber wurde das Zelt gebunden. Die Reise konnte losgehen.
Am ersten Tag führte unsere Fahrt nach Saarbrücken. Auf einem Campingplatz bauten wir unser Zelt auf und blieben auch nur für eine Nacht. Am nächsten Morgen fuhren wir weiter nach Paris. Wir erklommen den Eiffelturm, welcher von dem französischen Ingenieur Gustave Eiffel errichtet worden ist. Von circa zweihundertfünfzig

Metern Höhe blickten wir über die romantische Stadt. Paris lag uns zu Füßen. Am folgenden Tag drängte ich darauf, eines der bedeutendsten Kunstmuseen, den Louvre, zu besichtigen. Eines der bekanntesten Gemälde, die Mona Lisa von Leonardo da Vinci, ist im Original dort zu sehen. Ihr Lächeln fasziniert viele Besucher. Vor dem Kunstwerk, welches sich hinter Glas befindet, ist ein Schild mit „Fotografieren verboten" angebracht, doch daran halten sich nur die wenigsten.

Am darauffolgenden Tag besuchten wir das Disneyland. Im Disneypark besuchten wir zahlreiche Attraktionen, Shops, Restaurants, Geschäfte und vieles mehr. Besonders bekannt ist das Dornröschenschloß im Zentrum des Parks. Darin befindet sich eine begehbare Galerie. Wir zogen vorbei an Abenteuerspielplätzen, dem Geisterhaus, der Achterbahn. Wir schauten hinter die Kulissen von Filmen. Besuchten viele Shows. Der Tag endete mit einer riesigen Parade und einem gigantischen Feuerwerk.

In aller Frühe fuhren wir weiter nach Angers, um dort zu übernachten. Am fünften Tag erreichten wir nach zweitausend Kilometern auf dem Motorrad den Ort St. Jean de Monts am Atlantischen Ozean. Erschöpft kamen wir am Abend an und betrachteten freudestrahlend den Sonnenuntergang. Wir saßen eng zusammengerückt am Sandstrand. Der Boden war noch aufgewärmt. Händehaltend beobachteten wir das Firmament. Glutrot versank die Sonne am Horizont. Das Meer breitete sich ruhig vor uns aus. Wir küßten einander lange und genossen die Einsamkeit am Strand. Spät am Abend, das Zelt war schon aufgebaut, kochte ich eine Pilzsuppe auf dem Campingkocher. Ausgehungert löffelten wir die Schüsseln leer.

Am nächsten Morgen legten wir uns an den breiten, feinkörnigen Sandstrand und erholten uns von der langen Motorradtour. In den nächsten Tagen nahmen wir an einer kleinen Inselkreuzfahrt teil. Der Kapitän steuerte kleine Buchten an, in denen sich das Wasser von tiefgrün bis azurblau färbte. Vom Boot aus sprangen wir ins kühle Naß und plantschten voller Vergnügen. Außerdem unternahmen wir gemütliche Fahrradtouren entlang der Küste. Besichtigten beeindruckende Festungen, herrschaftliche Schlösser und hübsche kleine Häuser mit bunten Fensterläden. In den Abendstunden suchten Robert und ich meistens ein Restaurant auf und genossen die Köstlichkeiten des Meeres, wie Muscheln oder frisch geangelten

Seebarsch. Dazu kredenzte uns der Kellner Wein aus dem Cognac-Gebiet. Der Urlaub verging wie im Fluge und schon traten wir die Heimreise an.

Robert und ich lebten inzwischen zwei Jahre zusammen, als wir Verlobung feierten. Mein Geschenk an ihn war ein Rasierapparat. Er belächelte das Präsent, benutzt es jedoch regelmäßig.
Robert überreichte mir einen Strauß dunkelroter, langstieliger Rosen, worüber ich mich sehr freute. Am Abend begossen wir mit der Familie das Verlöbnis. Wir aßen in einem griechischen Restaurant und später begaben wir uns zum gemeinsamen Bowling. Wie üblich war Robert der beste Bowler.
Damals wollte mich Robert auf der Stelle heiraten. Er sprach öfter von einer Vermählung. Auch ich träumte von einer glanzvollen Hochzeit. Allerdings fühlte ich mich mit zweiundzwanzig Jahren noch zu jung dafür.
Im Laufe der Jahre änderte sich alles. Die Wohnung war inzwischen komplett nach unseren Vorstellungen eingerichtet. Im Wohnzimmer stand ein mahagonifarbener ovaler Tisch mit vier Stühlen. Passend dazu eine farblich abgestimmte Schrankwand und gegenüber eine cremefarbene Eckcouch mit Sessel. In der rechten Ecke stand mein elektronisches Klavier. An den großen lichtdurchlässigen Fenstern hingen lange weiße Stores mit seitlich angebrachten mintgrünen Schals. So hatten wir uns ein Zimmer nach dem anderen gemütlich eingerichtet.
Robert und ich lebten inzwischen vier Jahre zusammen. Wir kannten unsere Stärken, aber auch Schwächen. Jetzt, fand ich, war der richtige Zeitpunkt gekommen, um eine Ehe einzugehen. In meinen Gesprächen mit ihm erwähnte ich dieses Thema jetzt immer öfter. Doch mittlerweile hatte Robert seine Meinung geändert. Er beendete diese Gespräche sofort und zeigte kein Interesse mehr.
Ob mit oder ohne Hochzeit, in mir keimte schon lange der Wunsch nach einem Kind. Überraschenderweise hatte Robert nichts dagegen einzuwenden. Ich wurde auch prompt schwanger. Ich freute mich riesig auf unseren Nachwuchs. Doch in der achten Woche erlitt ich eine Fehlgeburt.
Zu dieser Zeit verbrachten wir in Tschechien unseren Winterurlaub. Wir reisten mit meiner Freundin Tina und ihrem Freund Lars sowie

Tinas Bruder Hendrik nach Spindlermühle ins Riesengebirge. Am Rande eines Waldes befand sich unser kleines Hotel. Wir wollten zwischen den Feiertagen und Neujahr ein wenig Winterluft schnuppern. Während Tina und ich tagsüber ausgedehnte Spaziergänge durch verschneite Fichtenwälder unternahmen, tobten sich die Männer beim Skiabfahrtslauf aus. In den Abendstunden saßen wir gemütlich beisammen und vertrieben uns die Zeit mit Gesellschaftsspielen. Am Neujahrsmorgen reisten Tina und Lars schon einen Tag vorzeitig ab. Beide hatten gesundheitliche Probleme. Hendrik verbrachte mit uns noch den letzten Tag vor der Heimreise. Ich wünschte, wir wären auch schon einen Tag eher abgereist... In den Morgenstunden wurden wir durch lautes Hämmern an der Zimmertür geweckt. Wir schreckten aus dem Tiefschlaf hoch. Noch schlaftrunken schlichen wir zur Tür. „Wer ist da?," fragte Robert. „Ich bin es, Hendrik", erklang von draußen die Stimme. Unser Freund, welcher im Nebenzimmer einquartiert war, weckte uns. Robert öffnete verdutzt die Tür. Sofort umhüllten uns dicke Rauchschwaden. Ich weckte die noch auf der Etage wohnenden Gäste und suchte Robert. Es war stockdunkel. Das Licht funktionierte nicht mehr. Vor lauter Qualm konnte ich kaum die Hand vor Augen sehen. Meine Augen tränten und ich begann zu husten. Ich fand Robert ganz aufgebracht. Er und Hendrik hatten versucht, jemanden vom Hotel zu finden. Doch vergeblich. Die Eingangstür war verschlossen und die Fenster im Erdgeschoß vergittert. Wir waren eingesperrt in einer Qualmwolke. Zwischen all den umherstehenden Leuten fanden wir dann doch noch einen Einheimischen, der die Hotelleitung anrief. Die Hotelgäste versammelten sich alle im Erdgeschoß. Wir standen vor der verschlossenen Eingangstür und blickten uns ratlos an. Einer der Gäste öffnete die Kellertür, was unverzüglich zu einer Verpuffung führte. Er sagte nur: „Ein Sessel, welcher zu dicht an einem Nachtspeicherofen stand, hat sich entzündet." Noch mehr Qualm drang in den Flur. Die Fenster waren verriegelt und konnten nicht geöffnet werden. Der Rauch brannte in den Augen. Der Husten wurde quälend. Endlich kam Rettung. Der Hotelleiter schloß die Tür auf. Alle Insassen strömten nach draußen und atmeten tief die frische, klare Winterluft ein. Wir packten das Gepäck in den Kofferraum und fuhren mit dem Auto noch vor dem Frühstück wieder Richtung Heimat. Die meiste Zeit der Autofahrt redeten wir noch aufgewühlt und entsetzt über den Brand. An einer

Raststätte hielten wir an, um zu frühstücken. Plötzlich bekam ich starke Bauchschmerzen. Kurz darauf setzte eine schwache Blutung ein. Ich wurde total nervös und hektisch. Schnellstmöglich wollte ich zu Hause ankommen, um mich hinzulegen und auszuruhen. Doch im Laufe des Tages wurde die Blutung immer intensiver und schließlich verlor ich mein Baby. Tränen des Schmerzes rannen über meine Wangen. Zutiefst unglücklich und niedergedrückt vor Leid verkroch ich mich unter der Decke und weinte bitterlich.
Am nächsten Morgen ging ich zum Arzt. Er untersuchte mich und meinte, daß ich mit einer neuen Schwangerschaft mindestens drei Monate warten sollte. Die Zeit bis dahin verstrich im Schneckentempo.
Im August wurde ich erneut schwanger. Die ersten Monate litt ich sehr stark unter morgendlichem Schwangerschaftserbrechen. Erst im Laufe des vierten Monats ging es mir besser.
Trotz der Beschwerden war ich meiner Tätigkeit am Institut nachgegangen. Nach getaner Arbeit begann ich mit der Verrichtung der Hausarbeit. Erst dann, am frühen Abend, fand ich Zeit, um mich ein wenig auszuruhen. Ich legte mich auf das Sofa und meine Füße erhöht auf ein Kissen. Das wirkte entspannend. Ich streichelte sanft über meinen immer größer werdenden Bauch und fühlte täglich nach dem Herzschlag meines noch ungeborenen Babys. Hier und da strampelte auch schon mal ein Füßchen, was sich in einer Wölbung der Bauchdecke zeigte. Am besten konnte ich mich bei klassischer Musik entspannen. Einen Monat vor dem regulären Entbindungstermin, ich befand mich schon im Schwangerschaftsurlaub, bemerkte ich eine schwache Blutung. Ich hatte Sorgen, daß etwas schieflaufen könnte. Unverzüglich suchte ich meinen Arzt auf. Der Gynäkologe verordnete mir strikte Bettruhe. Da sich der Zustand nicht besserte, stellte er eine Überweisung für die Frauenklinik aus. Die Ruhe im Krankenhaus genoß ich in vollen Zügen. Keine Hausarbeit verrichten, kein Essen kochen. Ich hatte Zeit nur für mich alleine. Es war Mitte April, die Bäume standen in voller Blüte und es duftete nach Frühling. Ich genoß es, draußen an der frischen Luft spazierenzugehen oder ein interessantes Buch zu lesen. Nach vierzehn Tagen im Krankenhaus setzten verstärkt die Wehen ein. Nach nur dreieinhalb Stunden begrüßte unsere Tochter Sarah die Welt mit lautem Schreien. Kurz darauf verschwand die Ärztin mit ihr zur ersten Untersu-

chung. Nachdem ich vom Kreissaal in das Patientenzimmer verlegt worden war, brachte die Krankenschwester mir meine Tochter. Stolz hielt ich mein Baby im Arm und streichelte zärtlich ihr Köpfchen. Sarah hat blonde Haare und blaugraue Augen.
Wenige Stunden nach der Geburt kam Robert, mit einem bunten Blumenstrauß in der Hand, zu Besuch. Seine Blicke wechselten zwischen dem Sprößling und mir hin und her. Zaghaft hob er unser Töchterchen in die Höhe. Es war für uns beide eine völlig neue Situation. Wir waren ab nun nicht mehr zu zweit, sondern zu dritt. Mit unserem Baby, das vollkommene Aufmerksamkeit benötigte. Doch schon nach einer halben Stunde verließ Robert die Station und widmete sich wieder seiner Arbeit.
Am Nachmittag besuchten mich meine Eltern im Krankenhaus. Freudestrahlend begrüßten sie ihr Enkelchen und liebkosten es. Im Anschluß daran stand meine Schwester in der Tür. Mit dem Fotoapparat in der Hand sah sie mich und Sarah freudestrahlend an. Alle waren fasziniert von meiner kleinen Prinzessin. Henriette breitete Tücher auf dem Bett aus und legte mein Baby vorsichtig darauf. Setzte noch das ein oder andere Kuscheltier hinzu und fotografierte ein Bild nach dem anderen. Während der Aufnahmen wurde Sarah unruhig und fing zu wimmern an. „Sie wird Hunger haben. Wir sollten eine kurze Fotopause einlegen“, sagte ich. Ich legte Sarah zum Stillen an die Brust. Wenig später schlief sie ein und unsere Familienfotografin beendete die Fotoserie.
Am Abend fuhr ich Sarah in ihrem Bettchen vor auf die Station zu den Krankenschwestern. Somit hatte ich noch einmal die Gelegenheit zum ruhigen Schlafen. Zum Stillen brachten die Schwestern mir Sarah auf mein Zimmer. Nach drei Tagen konnte ich mit meiner Tochter das Krankenhaus verlassen. Ich war glücklich, endlich wieder zu Hause zu sein. Die ersten Tage schlief Sarah viel. Nur ab und zu weinte sie. Ich lernte erst im Laufe der Zeit, das unterschiedliche Weinen zu interpretieren. Mal war es Hunger, dann Langeweile oder Müdigkeit.
Die bestellten Kinderzimmermöbel waren in der Zwischenzeit eingetroffen und Robert hatte einen bunten Teppich mit Teddybären im Kinderzimmer verlegt. Das Kinderzimmer war hell und freundlich eingerichtet. Dennoch nahm ich Sarah mit in unser Schlafzimmer.

So hatte ich sie immer bei mir und mußte nachts nicht durch die halbe Wohnung laufen, um mein Baby zu stillen oder zu wickeln. Wir benötigten geraume Zeit, bis wir uns an die neue Situation, das Leben in einer kleinen Familie, angepaßt hatten. Ruhige Nächte gab es nicht mehr. Aller vier Stunden legte ich Sarah zum Stillen an die Brust. Besonders nachts, wenn ich schlaftrunken mein Baby stillte und windelte, fragte ich mich oft, wann meine Tochter endlich einmal durchschlafen würde. Was andere Kinder den Gesprächen mit Eltern nach zu urteilen offensichtlich schon längst taten. Bei meinem Mädchen dauerte es einige Monate, bis ich nachts sechs bis sieben Stunden schlafen konnte. Alles drehte sich bei mir nur noch um Sarah. Am Tage wollte sie ständig von mir herumgetragen werden. Ihr Lieblingsplatz war auf meinem Arm. So konnte sie immer in meiner Nähe sein und alles beobachten. Vormittags und nachmittags schob ich sie mit dem Kinderwagen durch den Park spazieren. Fasziniert blickte sie zu den Blättern, welche leise im Wind rauschten. Bei jeglicher Witterung gingen wir nach draußen an die frische Luft. Nachmittags schauten wir uns Bücher an oder spielten zusammen. Wenn sie schlief, erledigte ich die Hausarbeiten. Nach dem abendlichen Bad wiegte ich sie in den Schlaf. Wir beide genossen unsere innige Zweisamkeit.

Robert hat nicht viel Zeit für unsere Familie. Die meiste Zeit des Tages investiert er in seine Firma. Er ist selbständiger Elektromeister und leitet einen kleinen Betrieb mit neun Angestellten. Sein Büro und die Werkstatt befinden sich im Erdgeschoß des Mietshauses, worin wir wohnen. Er engagiert sich sehr für sein Unternehmen. Häufig ist Robert auf Bauberatungen anzutreffen. Ansonsten sieht man ihn in seinem Arbeitszimmer, wie er Baupläne ausfüllt, Angebote erstellt, Material für die Baustellen besorgt, Rechnungen schreibt und so fort. Robert geht in seinem Beruf auf. Wenngleich die Auftragslage positiv ist, so ist die Zahlungsmoral eher schlecht. Es hat sich inzwischen bei einigen Kunden zu einem Freizeitsport entwickelt, daß Arbeitsleistungen in Anspruch genommen, die Rechnungen aber nur schleppend oder gar nicht beglichen werden. Oftmals erst nur nach der Inanspruchnahme eines Anwaltes.

Ein weiteres Jahr verging und ich feierte mit Sarah und einigen Freunden ihren ersten Geburtstag. Inzwischen konnte sie schon die ersten Schritte auf eigenen Beinen vollführen. Unermüdlich stapfte sie mir durch alle Räume hinterher. Ständig wollte sie hochgenommen werden und bei allem dabei sein. Sie war ausgesprochen anhänglich und auf mich fixiert.
Im Frühjahr lag ich Robert wieder einmal zu Füßen und bat ihn, einer Hochzeit zuzustimmen. Nach langem Überlegen sagte er schlicht und einfach „Ja". Ich freute mich riesig, umarmte und küßte ihn. Unverzüglich begann ich mit den Hochzeitsvorbereitungen.
Zunächst telefonierte ich mit meiner Schwester und erzählte ihr von meinem Glück. Henriette arbeitet in einer Werbeagentur. Dort analysiert sie Marktforschungen und entwickelt diverse Kommunikationsstrategien. Sie konzipiert, gestaltet und produziert Werbemaßnahmen und untersucht den Einfluß der Werbung auf die Kunden. Auch sie investiert sehr viel Zeit in ihren Beruf und ist mit Leib und Seele dabei.
Trotz der wenigen Zeit, welche ihr verbleibt, versprach sie mir sofort, die Hochzeitszeitung zu gestalten. Außerdem wollte meine Schwester unbedingt mit mir das Hochzeitskleid aussuchen. Meine Eltern freuten sich für mich und boten mir ihre Unterstützung an. Diese nahm ich dankbar an. Ihr Enkelchen kam jetzt öfter zu ihnen zu Besuch. In der Zwischenzeit erstellte ich einen Plan, welche Besorgungen getätigt werden mußten.
Zunächst legten Robert und ich einen Hochzeitstermin fest. Anschließend begaben wir uns zum Standesamt. Dort erkundigten wir uns nach den erforderlichen Unterlagen sowie notwendigen Dokumenten und bestellten das Aufgebot. Noch am gleichen Abend fertigte ich eine Gästeliste an. In den nächsten Wochen buchte ich Räumlichkeiten für die Feier, legte mit meinen Eltern die Menüabfolge fest und engagierte einen Alleinunterhalter. Ein Finanzplan half mir, die Kontrolle über die entstehenden Kosten zu behalten. Dieser erwies sich bei den laufenden Vorbereitungen als sehr hilfreich.
Schon beizeiten suchten meine Schwester und ich ein passendes Brautkleid für mich aus. Nach der Anprobe von den verschiedensten Modellen in mehreren Brautausstattern entschied ich mich für ein weißes Etuikleid. Dieses Kleid gefiel mir auf Anhieb und stand mir ausgezeichnet. Es hatte circa fünf Zentimeter breite Träger. Das Ober-

teil war aus reiner Spitze, welches dezent mit weißen Perlen bestickt war. Daran schloß sich ein Rock aus Seide. Unter diesem trug ich einen breiten Reifrock. Ein kurzer Schleier und weiße Handschuhe mit Perlen verziert rundeten meine perfekte Ausstaffierung ab. Ich fühlte mich wie eine Prinzessin.
Die Vorbereitungen liefen auf Hochtouren. Ein schwarzer Anzug für Robert mit einer passenden Fliege fand sich schnell. Schon im ersten Laden hatten wir etwas Passendes gefunden. Er fühlte sich allerdings nicht sehr wohl in seinem neuen Outfit. Er trägt lieber legere Kleidung wie Jeans und T-Shirts.
Fünf Wochen vor der Trauung ließen wir wunderschöne Trauringe anfertigen und den Namenszug sowie das Hochzeitsdatum eingravieren. Mein goldener Ring ist besetzt mit einem kleinen funkelnden Brillanten. Seiner schimmert mattgold.
Kurz vor unserer großen Feier besuchten mein zukünftiger Mann und ich die Tanzschule. Wir wählten einen Walzerkurs aus. Robert sträubte sich von Anfang an dagegen. Seinen tänzerischen Qualitäten nach zu urteilen, kann ich diese Meinung vollends verstehen. Doch wir wollten zu unserer Hochzeit mit einem Eröffnungswalzer brillieren. Er biß die Zähne zusammen und übte tapfer weiter.
Endlich kam der langersehnte Tag. Sarah schlief bei meinen Eltern. Das verschaffte mir etwas Zeit und Ruhe. Ich war schon früh am Morgen munter. Nach einem kurzen Frühstück klingelte es an der Tür. Mein Vater war gekommen, um mich zum Friseur zu fahren. Die Friseurin steckte meine mahagonifarbenen Haare nach oben und befestigte den weißen Schleier darin. Sie schminkte und puderte mich dezent. Zum Schluß schenkte sie mir ein anerkennendes Lächeln. Ich verließ den Friseur und mein Vater fuhr mich zu sich nach Hause. Dort erwarteten mich die Familie und erste Gäste ganz aufgeregt. Als ich ankam, konnten sie sich ein Lachen nicht verkneifen. Die hochgesteckten Haare und der Schleier paßten nicht recht zu einer Blue Jeans und einer roten Bluse. Als ich mich im Spiegel betrachtete, lachte selbst ich.
Gleich darauf nahm ich Sarah auf den Arm und gab ihr einen Kuß. Meine Mutter nahm mir meine Tochter ab und sagte: „Es wird Zeit, daß du dich umziehst." Sie holte mein Brautkleid aus dem Schrank und stand wenig später vor mir. Kaum war ich umgezogen, zupfte jeder an dem Kleid herum. Alle staunten und bewunderten mich.

Die Zeit schritt unaufhörlich voran. Der Zeitpunkt war gekommen, zum Standesamt zu fahren. Mit geschmückten Autos, begleitet von einem Hupkonzert, erreichten wir das Rathaus. Dort erwarteten uns bereits Robert und seine Familie. Ich war unendlich aufgeregt. Alle blickten erwartungsvoll in unsere Richtung. Nachdem der Wagen anhielt, öffnete Robert mir die Autotür. Erstaunt und entzückt stand er vor mir. Vorsichtig schloß er mich in seine Arme und küßte mich. Wir begrüßten alle Gäste und jeder sagte mir, wie bezaubernd ich aussah. Robert nahm Sarah auf den Arm und wir gingen ins Rathaus. Dort begrüßte uns der Standesbeamte. Zum Einzug in das Standesamt erklang der Hochzeitsmarsch. Feierlich schritten wir zu unseren Plätzen. Sarah setzten wir in unsere Mitte. Nach einer würdevollen Ansprache wurde die Traufrage gestellt. Wir antworteten beide mit „Ja“, tauschten die Ringe und küßten uns. Es ertönte der Liebestraum. Anschließend wurden wir beglückwünscht und erhielten das Stammbuch der Familie. Der Triumphmarsch hallte durch die Räumlichkeit, als wir uns von den Plätzen erhoben und festlich aus dem Saal zogen. Vor dem Standesamt wurden Blumen gestreut. Die Sonne lachte mit uns an diesem wundervollen Tag.
Anschließend fuhren wir zum Mittagessen in ein Hotel. Wir saßen an einer festlich gedeckten Tafel und mein Vater hielt eine kleine Ansprache. Danach brachte der Kellner eine Waldpilzsuppe mit frischen Pilzen, gefolgt von Rehrücken mit Rotkohl und Klößen. Und als Dessert gab es diverse Eisbecher. Am Abend feierten die Familie und Freunde mit uns auf der Polterhochzeit. Das Fest eröffneten wir klassisch mit dem Wiener Walzer. Nach anfänglichen Startschwierigkeiten wiegten wir uns im Rhythmus der Musik. Die Tanzfläche füllte sich immer mehr, bis sich die meisten auf der Tanzfläche im Takt drehten. Im Laufe des Abends erfreuten wir uns an Spiel und Spaß. In den Morgenstunden fielen wir erschöpft, aber glücklich in unsere Betten.
In den kommenden Monaten zog sich Robert immer mehr aus der Verantwortung als Familienvater zurück. Wir sprachen nur noch das Notwendigste miteinander. Er fühlte sich in jeglicher Situation von mir kritisiert. Das Schlimmste aber war, daß er kaum noch Interesse für seine Tochter empfand. Er verschanzte sich zusehend hinter seiner Arbeit. Währenddessen kam ich mir vor wie eine alleinerziehende Mutter.

Aber in mir war immer noch der Wunsch nach einem zweiten Kind. Eines Abends, Robert und ich waren beim Griechen zum Essen, fragte ich ihn, ob er sich über ein weiteres Familienmitglied freuen würde. Nach langem Überlegen stimmte er dem zu. Er war nicht gerade hocherfreut, aber er konnte sich mit dem Gedanken anfreunden.
Wenige Wochen später war ich erneut schwanger. Wieder hatte ich die ersten Monate mit Übelkeit und Erbrechen zu kämpfen. Später stabilisierte sich mein Zustand. Von Woche zu Woche nahm ich an Gewicht zu. Und ich spürte schon ein zartes Strampeln im Bauch.
Doch dieses Mal verlief die Schwangerschaft nicht so reibungslos wie mit Sarah. In der sechsundzwanzigsten Schwangerschaftswoche platzte völlig unerwartet meine Fruchtblase. Nach einem Anruf beim Notarzt brachte mich ein Krankenwagen mit Blaulicht in die nahegelegene Frauenklinik. Diese Klinik besitzt eine Intensivstation, wo eine intensivmedizinische Betreuung von Neugeborenen gewährleistet ist. Ich befürchtete, daß mein Baby ein extrem zu früh geborener Säugling würde. Die Sanitäter sagten mir, daß die Erstversorgung von Frühgeborenen durch ein kompetentes Ärzteteam von entscheidender Bedeutung sei. Wenn diese Sicherheit der Erstversorgung in der Klinik nicht gegeben sei oder die Frühchen unmittelbar nach der Geburt mit dem Krankentransport in ein anderes Krankenhaus verlegt werden müßten, steige für die Neugeborenen die Gefahr, daß zusätzliche Probleme auftreten könnten. Durch die richtige Wahl des Klinikums könnten Behinderungen oder schlimmstenfalls der Tod vermieden werden. Entbindungen bis zur zweiunddreißigsten Schwangerschaftswoche sollten generell nur in speziellen Frühgeborenenzentren durchgeführt werden. Nur dort seien Bedingungen gegeben, die Mutter und Kind eine reelle Chance geben.
Kurz nach meiner Ankunft in der Klinik war eine Krankenschwester zur Stelle und zeigte den Sanitätern den Weg zur Tokolysestation. Wenig später kam die diensthabende Ärztin zu mir und füllte den Anamnesebogen aus. Zunächst wurde ich an einen Tropf angeschlossen, worüber mir wehenhemmende Medikamente verabreicht wurden. Dadurch wurden die vorzeitigen Wehen verhindert. Diese Medikamente ermöglichten eine Schwangerschaftsverlängerung. Sie hatten aber auch Nebenwirkungen. Diese äußerten sich zum Beispiel durch starkes Herzklopfen. Mein Blutdruck wurde gemessen und ich wurde an das CTG angeschlossen. Die Cardiotokographie bezeich-

net die Herztonwehenschreibung. Sie ist eine Standarduntersuchung zur Überwachung von Schwangerschaften. Noch am selben Abend wurde mir ein Lungenreifungsmedikament für das ungeborene Baby in den Oberschenkel injiziert. Fortan mußte ich straffe Bettruhe einhalten. Jeder Tag zählte, den das Ungeborene im Mutterleib blieb.
Ich lag im Bett und konnte nicht einschlafen. Zum einen durch das starke Herzklopfen und zum anderen wirbelten endlos viele Gedanken durch meinen Kopf. Was war die Ursache des plötzlichen Blasensprunges? Warum passierte es mir? Wird mein Baby die Geburt überleben? Kommt es gesund oder krank auf die Welt? Kann es eigenständig atmen oder muß es beatmet werden? Was erwartete mich in der Zukunft? Wie wird Robert darauf reagieren? Wer kümmert sich in der Zwischenzeit um meine zweijährige Tochter Sarah?
Das war das Schwerste für mich, die Trennung von meiner Tochter. Bis eben war ich immer das Zentrum der Familie, war rund um die Uhr für meine Tochter da. Wir verbrachten gemeinsam Zeit auf dem Spielplatz. Ich brachte und holte sie von der Kindertagesstätte ab, kochte das Essen und las ihr nach dem Zubettgehen Geschichten vor. Wir nahmen uns genügend Zeit zum Liebkosen. Bei Krankheit gingen wir beide zum Arzt und vieles andere mehr. Doch die kommenden Wochen würde ich ohne Sarah im Krankenhaus verbringen müssen.
Robert versorgte unterdessen unsere Tochter. Doch am dritten Tag wurde Sarah krank. Mein Mann brachte sie zu meinen Eltern, wo sie sich auskurierte. Währenddessen lag ich in der Klinik und war gezwungen, straffe Bettruhe einzuhalten. Im Augenblick konnte ich nichts weiter tun, als die Zeit abzuwarten. Nach einer Woche Tokolyse stellte der Arzt nach Auswertung des CTG fest, daß sich die Herztöne bei meinem ungeborenen Baby veränderten. Alles deutete darauf hin, daß die Geburt nicht mehr lange auf sich warten ließ. Ich wurde unruhig und spürte selbst, daß die Entbindung kurz bevorstand. Noch am gleichen Abend kam eine Anästhesistin zu mir und klärte mich im operativen Vorgespräch über die Risiken der Narkose auf. Mit ihr sprach ich zum ersten Mal über meine Ängste und Sorgen bezüglich der drohenden Frühgeburt. Die Narkoseärztin nahm sich während des Gesprächs viel Zeit für mich und sprach mir aufmunternde Worte zu. Noch während des Gespräches kullerten die Tränen über meine Wangen.

Wenige Stunden später wurde die Entbindung vorbereitet. In einem engen Raum wurde mir ein Katheder gelegt. Danach brachte mich die Krankenschwester in den Kreissaal. Der diensthabende Anästhesist versuchte dreimal, die Periduralanästhesie, welche der regionalen Schmerzausschaltung dient, zu legen. Aber jedes Mal erfolglos. Daraufhin wurde ich vollständig narkotisiert und schlief tief und fest.
Als ich aufwachte, sah ich auf die große Uhr in der Aufwachstation. Seit dem Kaiserschnitt waren vier Stunden vergangen. Wenig später erschien der Narkosearzt und erkundigte sich, ob ich meine Beine und Füße noch bewegen konnte. Beides funktionierte. Bevor der Anästhesist verschwand, sagte er mir noch, daß ich einen Sohn habe, welcher auf der Intensivstation lag. Das war das einzige, was ich zu diesem Zeitpunkt über mein Baby wußte. Es war ein Junge. Ich freute mich, wenngleich mich Angst erfüllte, da mir nichts über seinen Gesundheitszustand bekannt war.
Nach weiteren zwei Stunden wurde ich auf die Wöchnerinnenstation verlegt. Das Zimmer teilte ich mir mit einer jungen Mutti, die ihr Kind Tag und Nacht bei sich hatte. Es war eine sehr schmerzliche Erfahrung, mit einer Mutter, welche ihr gesundes Kind neben sich liegen hatte, ein Zimmer zu teilen, während mein Sohn auf der Intensivstation lag und ums Überleben kämpfte. Ich wünschte mir nichts sehnlicher, als mein Kind zu sehen und in meinen Armen zu wiegen. Zuversicht und Kraft schöpfte ich bei dem Gedanken an meine Tochter Sarah. Durch sie war der seelische Schmerz, der mich durchflutete, einigermaßen erträglich. Doch tief im Innersten war ich unendlich unglücklich, daß mein Baby nicht bei mir sein konnte.
Am Nachmittag besuchte mich Robert mit einem großen Blumenstrauß in der Hand. Gemeinsam wollten wir zur Intensivstation gehen. Ich hatte riesige Angst davor, da ich nicht wußte, was mich erwarten würde. Wieweit war unser Kind entwickelt? Wurde er beatmet? War er gesund? Wie hoch standen seine Überlebenschancen? Zahllose Fragen schwirrten durch meinen Kopf. Noch in Gedanken versunken, setzte ich mich in den Rollstuhl. Mein Mann schob mich zur ITS, um unseren Sohn zu besuchen. Er klingelte an der Tür und sofort war eine Krankenschwester zur Stelle. Wir legten einen hellgrünen Kittel an, streiften Füßlinge über und desinfizierten die Hände. Dann betraten wir die Station. Auf einem sehr engen Raum standen fünf Inkubatoren, welche von Überwachungsmonitoren umgeben

waren. Beinahe permanent erfüllte ein lautes, markdurchdringendes Alarmgeräusch das Zimmer. Noch gefangen von der Geräuschkulisse, eilte eine Krankenschwester auf uns zu und führte Robert und mich zu unserem Baby. Wir gingen zu einem Inkubator. Das ist ein Kasten aus Plexiglas oder auch „Brutkasten" genannt, welcher dazu dient, die Temperatur und Luftfeuchtigkeit konstant zu halten. Darin lag mein Baby. Winzig klein und niedlich. Die Schwester schaute in ihren Unterlagen nach und holte ein Foto heraus. Die erste Aufnahme von ihm. Darauf wirkte er so zerbrechlich. Weiterhin waren darauf Geburtsdatum, Gewicht und seine Größe vermerkt. Dann fragte sie uns nach dem Namen des Babys.
„Tim", lautete meine Antwort.
Tim kam mit einem Geburtsgewicht von achthundertfünfundsiebzig Gramm bei einer Länge von sechsunddreißig Zentimetern zur Welt. Braune Augen, mit langen Wimpern und dunklen Augenbrauen, schauten mich hilfesuchend an. Sein Körper war ausgesprochen zart und filigran. Sein Köpfchen war nicht größer als meine Faust. Die Ärmchen waren so dünn wie mein Daumen. Die Hand so klein wie der Fingernagel am Daumen. Ein Mützchen, nicht viel größer als ein Eierwärmer, bedeckte sein Köpfchen. Ein kleines Taschentuch diente als Zudecke. Alles war an ihm dran, nur miniaturmäßig. Ich streichelte ihn ganz zart und behutsam und atmete erleichtert auf.
Glücklicherweise mußte er nicht beatmet werden. Ein kleiner Nasenstöpsel unterstützte jedoch die ersten zwei Tage die Atmung. Sein kleiner Körper war fast vollständig beklebt mit Meßelektroden. Die große Freude wurde immer wieder überschattet von den ständigen Alarmgeräuschen der Überwachungsmonitore. Der Monitor schlägt Alarm, wenn mit dem Kind etwas nicht in Ordnung ist. Meistens war es Fehlalarm, wenn sich zum Beispiel eine Elektrode vom Körper gelöst hatte. Dennoch löste dieser Krach in mir eine extreme Unruhe aus. Ich hatte ständig das Gefühl, in Alarmbereitschaft zu sein. Was ziemlich nervenaufreibend war.
Immerfort stellte ich mir ängstlich die Frage: „Was geschieht alles mit meinem Kind?" Mir war klar, daß die Ärzte mit allen zur Verfügung stehenden Mitteln versuchten, das Leben von Tim und der anderen Frühchen zu erhalten, und daß die Babys ohne die Apparate, Sonden, Schläuche und Medikamente weniger Chancen hätten, am Leben zu bleiben. Aber es erfüllte mich mit größter Angst und

Besorgnis. Es ist ein enormer Kraftakt, die medizinischen Geräte zu akzeptieren. Ich streichelte vorsichtig über Tims Köpfchen und beobachtete ihn. Er schloß seine Augen und genoß sichtlich die sanften Berührungen.
Am nächsten Morgen ging ich zur ITS und klingelte. In meiner Hand hielt ich einen Teddy und eine Spieluhr. Nachdem die Schutzbekleidung angelegt und die Hände desinfiziert waren, betrat ich die kleine Station. Tim schlief gerade. Sein kleiner Körper war beklebt mit verschiedenen Meßelektroden. Wieder einmal erschreckte mich der Monitor mit einem Alarmgeräusch. Die Elektrode der Sauerstoffsättigung hatte sich gelöst. Tim blinzelte. Ich fragte die Schwester, ob ich den Teddy und die Spieluhr in den Inkubator legen könnte. Sie lächelte mich an und stimmte dem zu. Ich legte den farbenfrohen Teddy über sein Köpfchen als Begrenzung. Den bunten Kaspar, in welchen eine Spieluhr integriert war, setzte ich in die rechte obere Ecke. Ich zog die Spieluhr auf und wartete, wie Tim darauf reagierte. Es war ein völlig neues Geräusch für ihn. Er weinte nicht, sondern blieb ganz ruhig. Ich glaubte sogar, daß er mit den Augen in Richtung Kaspar schaute. Seine Fingerchen bewegten sich ganz vorsichtig. Nach einer halben Stunde durfte ich Tim füttern. An der Nabelschnur war eine Sonde fixiert, durch welche die Ernährung die ersten Tage erfolgte. Die Schwester füllte die Spritze mit zwei Millilitern Muttermilch. Ich nahm diese in die Hand und injizierte die wenigen Tropfen in einem Zeitraum von zehn bis fünfzehn Minuten. Es war wichtig, die Nahrung langsam zu verabreichen, damit diese nicht sofort wieder ausgespuckt wurde, sondern im Magen blieb. Anschließend nahm ich Tim vorsichtig hoch, klopfte ihm sanft auf den Rücken und wartete auf das Bäuerchen. Danach wechselte ich seine Windel. Die Schwester betonte immer wieder, daß sehr viel Geduld und Liebe beim Umgang mit den Frühgeborenen notwendig sei.
Auf der Intensivstation wurde die Känguruh-Methode durchgeführt. Endlich war es soweit. Ich konnte Tim in meine Arme schließen. Nachdem ich die obersten Knöpfe meiner weitgeschnittenen Bluse geöffnet hatte, legte mir die Krankenschwester mein Baby behutsam auf die Brust. Die Kabel der Elektroden wurden sortiert und an die Seite gesteckt. Ein warmes Kissen schützte Tim vor dem Auskühlen. So saßen wir beide eine Stunde zum Kuscheln zusammen. Während ich ihm von seiner Schwester Sarah erzählte, streichelte ich sacht

über sein Köpfchen und die Händchen. Es war ein wunderbares Gefühl, seinen warmen Körper und das pochende Herzchen zu spüren. So konnten wir beide ein Stückchen Schwangerschaft nachholen.
Am Abend badete ich Tim in einer kleinen blauen Puppenbadewanne. Lustvoll strampelte er mit den Beinchen. „Er badet sehr gerne“, meinte die Schwester. Nach dem Bad trocknete ich ihn gründlich ab und cremte jede Hautfalte ein. Nach einer Stunde waren wir fertig. Total erschöpft schlief er ein.
Solange ich in der Frauenklinik stationär untergebracht war, besuchte ich Tim dreimal täglich. Tagsüber stillte ich Tim und kuschelte mit ihm. So verbrachten wir viel Zeit miteinander.
Zu Beginn erfolgte die Ernährung, neben dem Stillen, acht bis zwölf Mal durch die Sonde, welche in der Nabelvene steckte. Nachdem die eingetrocknete Nabelschnur abgefallen war, erfolgte die Nährstoffzuführung über eine Sonde, welche sich in der Kopfvene befand. Über einen Perfusor wurden Nahrung und Medikamente verabreicht. Dabei wurde der Kolben der Spritze in einer definierten Geschwindigkeit vorangeschoben. Durch einen sich anschließenden Schlauch lief die Milch zu einer Kanüle, die in der Kopfvene steckte. Alle zwei bis drei Tage wurde die Ernährungssonde an eine andere Stelle am Kopf plaziert. Diese wurde so häufig ausgewechselt, da sie schnell verstopfte. Angstvoll sah ich mit an, wie die Venen auf dem kleinen Babykopf zerstochen wurden.
Täglich steigerten die Krankenschwestern die Nahrungsmenge. Wie groß war meine Freude, als Tim mehr Milch aufnahm und endlich an Gewicht zulegte. Doch nicht immer behielt er die Nahrung im Magen. Zumeist spuckte er die zusätzliche Nahrung wieder aus. Meine Freude über das stetige Aufwärtsgehen wurde wie so oft getrübt. Es war ein täglicher Wechsel zwischen Hoffen und Bangen und Hoffen und Bangen. Es ging zwei kleine Schritte vorwärts und einen Schritt zurück. Es fiel mir nicht immer leicht, den Mut nicht zu verlieren.
Am neunten Tag erfolgte die Verlegung von der Intensivstation auf die Frühgeborenenstation. Zu diesem Zeitpunkt wog Tim fast eintausend Gramm. Ich freute mich, daß er auf die Frühchenstation verlegt wurde. Angst hatte ich vor der Fahrt im Krankenwagen. Wie würde er den Umzug verkraften? Er war doch noch so schwach. Glücklicherweise kam er unbeschadet in seinem neuen Bettchen an.

Auf der Frühgeborenenstation stand ich zunächst vor einem Problem. Denn dort war es nicht üblich, mit den Babys zu kuscheln. Die Känguruh-Methode führte niemand durch. Ich wendete mich an die Ärztin. Nach einem konstruktiven Gespräch mit ihr erhielt ich die Erlaubnis, weiterhin bei meinem Baby die Känguruh-Methode anzuwenden. Dankbar taten es mir die anderen Eltern gleich.
Auch ich war in der Zwischenzeit aus der Frauenklinik entlassen worden. Sarah war wieder genesen und freute sich, daß ich wieder zu Hause war. Ich erzählte ihr von Tim, daß er mit anderen kleinen Babys noch in der Klinik lag und noch einige Zeit dort verbringen würde. Wir könnten ihn aber besuchen. Auf der Stelle wollte sie ihr Brüderchen kennenlernen.
Am Wochenende fuhren Robert, Sarah und ich gemeinsam zur Kinderklinik. Dieses Mal besuchte Robert unseren Sohn. Sarah durfte nicht mit auf die Station. Die Gefahr, daß Infektionen auf die Babys übertragen würden, war viel zu groß. So positionierten wir uns vor dem Fenster. Robert hielt Tim auf dem Arm und stand von innen vor dem Fenster und präsentierte uns beiden unseren Familienzuwachs. Unser Baby wirkte in den großen Händen von Robert noch kleiner als sonst. Wir alle freuten uns und auch Tim schien zu lächeln. Sarah war ganz aufgeregt und klopfte ständig an die Fensterscheibe. Während sie anschließend mit mir auf dem Spielplatz des Klinikums turnte, kuschelte Robert mit unserem Sohn. Am späten Nachmittag fuhren wir traurig nach Hause, da wir Tim nicht mitnehmen konnten.
Der nächste Tag kam und es begann die morgendliche Prozedur. Nach dem Aufstehen pumpte ich als erstes die Milch ab. Anschließend weckte ich Sarah. Nach dem gemeinsamen Frühstück brachte ich sie in den Kindergarten. Von dort aus brauste ich mit dem Auto durch die Stadt zum Klinikum. Auf dem Klinikgelände befand sich die Milchsammelstelle. Dorthin brachte ich jeden Morgen und am Nachmittag die mit Muttermilch gefüllten Fläschchen. Im Austausch erhielt ich neue Säuglingsfläschchen. Diese verstaute ich so keimfrei wie möglich in einer Tasche und brachte diese zum Auto. Danach lief ich zur Frühchenstation. Nachdem ich mich bei den Krankenschwestern angemeldet hatte, fragte ich nach dem gesundheitlichen Befinden von Tim. Hatte er schon wieder etwas zugenommen? Hatte er die Nahrung im Magen behalten oder wie gestern wieder ausge-

spuckt? Lag die Temperatur im Normalbereich? Heute war bis dato alles im grünen Bereich. Ich ging zu seinem Inkubator, welchen ich liebevoll als „Häuschen“ bezeichnete, und begrüßte Tim mit einem zarten Kuß. Ganz leicht streichelte ich über seinen winzigen Körper. Ich bat die Schwester, mir meinen Sohn zum Stillen an die Brust zu legen und die Elektroden, welche an seinem Körper klebten, zu ordnen. Genüßlich trank Tim die Milch. Manchmal schlief er dabei ein. Im Anschluß daran hatte ich die Temperatur gemessen und ihn gewickelt. Zum Kuscheln legte mir die Krankenschwester meinen Sohn auf die Brust. Sie nahm ein warmes Kissen, um ihn zuzudecken. Nun hatten wir zwei Stunden füreinander Zeit zum Kuscheln. Tim war währenddessen eng an meinen Körper geschmiegt. Ich streichelte seine Händchen, welche unter dem Kissen hervorlugten. Leise sang ich ihm Kinderlieder vor. Meistens lag er sehr ruhig auf meiner Brust, nur ab und an strampelte ein Füßchen oder bewegte sich ein Händchen. Es war ein sehr intensiver Kontakt zwischen uns, den wir beide brauchten und genossen. Die Känguruh-Methode ermöglichte uns, intensive Zweisamkeit zu spüren. Wenngleich die starke Geräuschkulisse der Überwachungsmonitore sehr störend und stressig war. Immer wieder drang das Alarmgeräusch an unsere Ohren. Nach dem Kuscheln legte ich ihn in sein „Häuschen“ und deckte Tim mit seiner kleinen Decke zu. Ich wartete, bis er eingeschlafen war, und erst jetzt fuhr ich mit dem Auto wieder nach Hause.
Dort angekommen, schüttelte ich die Betten und räumte die Zimmer auf. Zwischendurch aß ich eine Kleinigkeit. Zum Ausruhen nahm ich mir keine Zeit. Die Milch mußte schon wieder abgepumpt werden. Wenig später setzte ich mich wieder ins Auto und fuhr zur Milchsammelstelle. Von dort lief ich weiter zur Frühchenstation und stillte mein Baby und nahm mir viel Zeit zum Kuscheln. Dann legte ich Tim zurück in sein Bettchen und streichelte ihn in den Schlaf. Es war schon später Nachmittag, als ich das Auto vor der Haustüre abstellte. Jetzt jagte ich zum Kindergarten, um Sarah abzuholen. Wir spielten noch auf dem nahegelegenen Spielplatz und gingen dann nach Hause. Schon wieder war es Zeit zum Milchabpumpen. Mittlerweile war es an der Zeit, das Abendessen vorzubereiten. Nach dem Abendbrot spielte ich noch mit Sarah. Später brachte ich sie ins Bett. Nach der Gute-Nacht-Geschichte gab es noch ein Küßchen.

Leider schlief sie am Abend nicht gern allein ein. So legten wir uns zusammen ins Ehebett und ich wartete, bis Sarah eingeschlafen war, um dann leise wieder aufzustehen. Nachdem ich das Schlafzimmer verlassen hatte, war es schon fast zwanzig Uhr. Jetzt fand ich ein wenig Ruhe, denn bis zum nächsten Milchabpumpen war noch etwas Zeit. Robert und ich schauten ein wenig fern, bevor ich abermals an der Milchpumpe saß. Schon war wieder ein Tag vergangen. So vergingen die Tage und Wochen immer mit der gleichen Prozedur. Obwohl ich jede freie Minute mit Sarah verbrachte, glaubte ich immer, nicht genügend Zeit für sie zu haben.

Mittlerweile lag Tim die achte Woche im Krankenhaus. Als ich an jenem Morgen die Frühchenstation betrat, kam die Ärztin auf mich zu und sprach mit mir über eine Verlegung von Tim. Nur allzugerne stimmte ich dem zu. Das neue Krankenhaus war der Wohnung deutlich näher. Die Verlegung mit dem Krankenwagen klappte reibungslos. Da ich jetzt nur noch zehn Minuten mit dem Auto zur Klinik fuhr, besuchte ich Tim ab jetzt drei Mal am Tag. Was für mich allerdings Dauerstreß bedeutete.

Eine der ersten Handlungen der Ärztin in dem neuen Krankenhaus war, die Kanüle aus der Kopfvene zu ziehen. „Diese benötigt Ihr Sohn jetzt nicht mehr." Ich war überglücklich, daß die endlose Stecherei am Kopf ein Ende gefunden hatte. Ich stillte Tim dreimal am Tag und zu den anderen Mahlzeiten bekam er das Fläschchen mit Muttermilch. Trotz immer wiederkehrender Rückschritte hatte Tim gut zugenommen.

Der Winter verging und der Frühling kam. Noch vor dem regulären Entbindungstermin sollte ich mein Baby mit nach Hause nehmen dürfen. Ich freute mich schon riesig darauf. Doch einen Tag vor seiner Entlassung kam, sofort nach meiner Ankunft in der Klinik, eine Ärztin auf mich zu und teilte mir mit, daß Tim plötzlich einen beidseitigen Leistenbruch aufwies. In einem Gespräch erklärte sie mir, daß es bei frühgeborenen Kindern häufig zu Leistenbrüchen komme und daß dieser operiert werden müsse. Als ich Tim sah, stiegen mir die Tränen in die Augen. Er weinte unaufhörlich. Je mehr er schrie, desto mehr traten aus der Leistengegend die Darmschlingen hervor, was für ihn mit extremen Schmerzen verbunden war. Ich war total wütend. Wie konnte das nur passieren? Ich litt mit meinem Sohn unter den Schmerzen. Schon kam die diensthabende Schwester zu mir.

Sie zeigte mir einen Handgriff, mit dem ich den Darm vorsichtig wieder an seine natürliche Position bringen konnte. Ich legte Tim zum Stillen an die Brust. Bei jedem Schluck, den er trank, wölbte sich der Darm nach vorn und trat aus der Leistengegend heraus. Dennoch wurde unser Sohn am nächsten Tag aus dem Krankenhaus entlassen. Robert und ich fuhren zur Klinik und holten Tim ab. Es war ein ergreifender Moment. Nach wochenlangem stationären Aufenthalt konnten wir endlich mit unserem Baby nach Hause fahren. Getrübt war die Freude durch den Leistenbruch und die unserem Sohn bevorstehende Operation. Behutsam setzte ich Tim in die mitgebrachte Autoschale, schnallte ihn an und Robert fuhr uns nach Hause. Jetzt waren wir endlich alle zusammen.

Doch wie würde es weitergehen? Ohne Überwachungsmonitore, ohne einen Arzt in der Nähe, der bei Problemen im Notfall schnell eingreifen konnte? Nun war ich auf mich allein gestellt, da Robert wie üblich kaum Zeit für die Familie hatte.

Wie immer holte ich Sarah vom Kindergarten ab. Doch dieses Mal war ich nicht allein. Stolz schob ich Tim im Kinderwagen vor mir her. Die Aufregung und Freude in der Kindertagesstätte war groß. Die Erzieherinnen, denen ich von unserem Sorgenkind berichtet hatte, wollten unbedingt meinen Sprößling kennenlernen. Jeder schaute in den Kinderwagen. Endlich kam auch Sarah an die Reihe. Zuerst hob sie das Kissen nach oben, um Tim in seiner ganzen Größe zu betrachten, um gleich darauf über sein Gesicht und die Händchen zu streicheln. Wie klein doch alles war. Neugierig schaute Tim mit seinen großen braunen Augen seine Schwester an.

Voller Stolz verkündete Sarah am Telefon den Großeltern den Besitz ihres Brüderchens. Von nun an half Sarah fleißig beim Windeln und Anziehen. Am Abend legten wir Tim zusammen in sein Bettchen. Die ersten Wochen und Monate war dies sein Kinderwagenkörbchen. Ich stellte es direkt neben mein Bett, so daß ich beim Schlafen immer in der Nähe von Tim war. Wenn er unruhig wurde, brauchte ich nur meine Hand ausstrecken und konnte ihn sofort beruhigen. Von nun an wurden meine Nächte noch unruhiger. Immer in Alarmbereitschaft, um bei Problemen sofort reagieren zu können. Vor dem Schlafengehen horchte ich stets, ob Tim noch atmete. Wir beide schliefen in den Nächten sehr unruhig. Alle drei Stunden legte ich ihn zum Stillen an die Brust. So erhielt er acht Mahlzeiten über den

Tag verteilt. Bei Bedarf bekam er sogar zwölf. Zum Schlafen fand ich nur noch selten Zeit. Tim schrie und quengelte die ersten Wochen recht häufig. Einerseits bedingt durch den Leistenbruch, andererseits auch durch die Umstellung der Umgebung und des Tagesrhythmus. Sarah war am nächsten Morgen beizeiten munter und weckte mich. Ich wollte noch ein wenig schlafen. Doch das sah sie ganz anders. Wie sollte sie es auch verstehen. Sie war erst zwei Jahre. Schlaftrunken stand ich auf und bereitete ihr das Frühstück vor. Ich selbst war noch viel zu müde, um auch nur einen Bissen herunterzubekommen. Wir beide zogen Tim an und legten ihn ausfahrbereit in den Kinderwagen. Schon ging es los in den Kindergarten. Sarah und ich verabschiedeten uns mit einem Küßchen voneinander und ich zog mit Tim weiter zum Kinderarzt.
Im Wartezimmer tummelten sich schon eine Menge Kinder, die lautstark die Aufmerksamkeit ihrer Mütter auf sich lenken wollten. Ich zog Tim aus und ging mit ihm zum Wiegen und Messen. Sein Gewicht von zweitausendvierhundertfünfzig Gramm hatte sich von gestern zu heute nicht verändert. Zumindest hatte er nicht abgenommen. Das war schon mal etwas Positives. Wir gingen zurück ins Wartezimmer. Nach einer knappen Stunde Wartezeit rief uns die Ärztin in ihr Sprechzimmer. Sie beglückwünschte mich zur Geburt meines Sohnes und begann mit der Untersuchung. Tim begann zu weinen und es traten auch gleich die Darmschlingen aus der Leistengegend hervor. Die Kinderärztin bestätigte, was ich aus der Klinik schon wußte, daß viele Frühgeborene mit Leistenbrüchen zu kämpfen haben. Nach einer eingehenden Untersuchung konnte nichts Ungewöhnliches festgestellt werden. Ich sollte allerdings regelmäßig alle zwei Tage zum Wiegen und Messen in die Kinderarztpraxis kommen. Wir verließen das Sprechzimmer und ich zog Tim wieder an. Inzwischen hatte ich ihn beruhigen können und er lächelte mich an. Die Krankenschwester schrieb auf einen Bestellzettel den Termin zur nächsten Gewichtskontrolle. Außerdem notierte sie die Telefonnummer der Kinderchirurgie. Dort sollte ich anrufen, um einen Operationstermin zu vereinbaren. Zu Hause angekommen, rief ich in der Chirurgie an. Die Dame, welche die Termine vergab, hatte erst in zehn Tagen den nächsten freien Termin. Noch eineinhalb Wochen warten, aber es blieb mir nichts anderes übrig, als mich in Geduld zu üben.

Tagsüber nahm ich Tim ständig auf den Arm und trug ihn mit mir herum, so daß ich immer in seiner Nähe war und er meine Körperwärme spüren konnte. Er gewöhnte sich sehr schnell daran und wollte, auch als er größer war, immer noch auf meinen Armen herumgetragen werden. Wir spielten viel miteinander und ich las ihm Geschichten vor. Am Abend legte ich Tim in sein Bettchen und sang ihm Schlaflieder vor. Sein Bettchen war mit einem Nestchen und Himmel ausstaffiert. Zusätzlich hatte ich noch Handtücher gerollt, damit er eine Begrenzung spürte. Diese Enge bedeutete für Tim Sicherheit und Geborgenheit. Nicht immer gelang es mir, ihn am Abend zu beruhigen. Mal drückte das Bäuchlein oder er war ganz einfach aufgedreht, weil zu viele Eindrücke auf ihn einwirkten. Meistens zog ich dann die Spieluhr auf, und wenn dann die bekannte Melodie erklang, beruhigte er sich oft.

Am geplanten Operationstag brachten Robert und ich Tim in die Kinderklinik. Nachdem mich der Chirurg im Gespräch über die möglichen Risiken der Operation aufgeklärt hatte, füllte ich alle erforderlichen Unterlagen aus. Erneut breitete sich Angst in mir aus. Wie würde Tim die Narkose verkraften? Verliefe der chirurgische Eingriff ohne Komplikationen?
Schon wieder so eine Extremsituation, mit der ich und Tim uns auseinandersetzen mußten. Viele Ausnahmezustände müssen Frühgeborene überbrücken. Zuerst kommen sie vorzeitig auf die Welt, obwohl die Entwicklung im Mutterleib noch nicht vollständig abgeschlossen ist. Dann liegen die Kinder von Beginn an in unnatürlicher Lage. Im Mutterleib sind sie in runder gebeugter Haltung. Im Inkubator liegen sie in gestreckter Haltung auf den relativ festen Matratzen. Dieses führt unweigerlich zu Einschränkungen in der Beweglichkeit. Die Babys sind vorzeitig Lichtreizen ausgesetzt. Im Mutterleib würde der Sehsinn noch gar nicht geschult werden. Temperaturunregelmäßigkeiten müssen ausgeglichen werden. Das Stillen müssen sie schon viel früher erlernen. Lautstarke Geräusche müssen verarbeitet werden und vieles andere mehr.
Am darauffolgenden Tag wurde Tim für die Operation vorbereitet. Mental stellten wir uns auf diese Situation ein. So fuhr ich am Morgen in die Klink. Als ich dort ankam, teile mir der Arzt mit, daß die OP verschoben werde. Tim sei derzeit nicht stabil genug, um den

chirurgischen Eingriff zu verkraften. Wir vereinbarten einen neuen Termin. So fuhr ich mit meinem Baby unverrichteter Dinge wieder nach Hause. Tims Schmerzen waren unerträglich. Er weinte von morgens bis abends.
Zum nächsten vereinbarten Operationstermin fuhren wir wieder in die Kinderklinik. Doch auch dieses Mal wurde die Operation verschoben. Beim dritten Anlauf wurde kurzfristig operiert. Glücklicherweise verlief alles problemlos. Ich atmete auf, als ich meinen Sohn schlafend im Bettchen vor mir liegen sah. Sanft streichelte ich über sein Gesichtchen. Langsam wachte er aus der Narkose auf. Zwei dunkelbraune Augen blickten mich hilfesuchend an. Nach Absprache mit der diensthabenden Ärztin fuhr ich regelmäßig zweimal am Tag zum Stillen und Kuscheln in die Kinderklinik. Dort verbrachte ich wieder viel Zeit mit Tim. Nach wenigen Tagen stationären Aufenthalts konnte ich Tim mit nach Hause nehmen.
Es blieb eine ungeheuer stressige Zeit. Permanent war ich mit Tim beim Arzt. Regelmäßig erkrankte Tim an eitrigen Mittelohrentzündungen. Eine Infektion löste die nächste ab. Ständig bekam er neue Antibiotika vom Kinderarzt verordnet. Sein Immunsystem war kaum in der Lage, die Infektionserreger zu bekämpfen. Tim fieberte während der Krankheitsphasen besonders hoch und reagierte teilweise sogar apathisch. Erst wenn die Medikamente nach ein bis zwei Tagen ihre volle Wirkung entfaltet hatten, besserte sich sein Zustand. So waren wir unter anderem Stammpatient beim Hals-Nasen-Ohrenarzt. Stets wurden die Ohren untersucht und Hörprüfungen durchgeführt.
Zusätzlich besuchten wir einmal pro Woche den Augenarzt. Mit der Straßenbahn fuhren Tim und ich zur Augenklinik. Der Arzt untersuchte Tims Augen regelmäßig, um ein eventuelles Ablösen der Retina frühzeitig zu erkennen. Zu Beginn der Untersuchung wurden in beide Augen Tropfen geträufelt, damit sich die Pupillen erweiterten. Nach einer Einwirkzeit von dreißig Minuten wurden wir aufgerufen und betraten das Sprechzimmer. Die Untersuchung dauerte für gewöhnlich nur wenige Minuten. Doch an einem Tag führte ein Praktikant diese Kontrolle durch. Mehr als dreißig Minuten stocherte er an Tims Augen herum. Leuchtete hinein und beobachtete den Augapfel. Tim schrie während dieser Zeit unaufhörlich. Ich war dem Explodieren nahe. Ich wollte den Arzt anschreien, daß er mit der

Untersuchung doch aufhören solle. Merkte er nicht, daß auf dem Tisch ein Baby lag und vor Schmerzen brüllte? Aber irgendwie riß ich mich zusammen und sagte nichts. Kurze Zeit später brach er seine Untersuchung ab und holte einen weiteren Arzt hinzu. Als ich ihm gereizt erzählte, daß mein Sohn bereits dreißig Minuten untersucht wurde, war er mit seiner Behandlung nach kurzer Zeit fertig. Über einen Zeitraum von vier Monaten verlief kontinuierlich die wöchentliche augenärztliche Untersuchung. Nach diesem Zeitraum bestand keine akute Gefahr mehr, daß sich die Retina ablösen könnte. Seitdem gehe ich mit Tim nur noch einmal jährlich zur augenärztlichen Kontrolle.

Die vielen Arztbesuche raubten mir zusehends die Kräfte und ich fühlte mich mehr als erschöpft. Zum anderen erschwerten es mir diese Termine, für Tim einen gleichmäßigen Rhythmus zu finden. Aber mit der Zeit pegelte sich alles ein. Glücklicherweise nahmen meine Eltern Tim auch mal zu sich, so daß ich etwas Zeit für mich hatte oder auch mal den verlorengegangenen Schlaf nachholen konnte.

Im Alter von fünf Monaten stellte ich Tim einer Ärztin im sozialpädiatrischen Zentrum vor. Zum ersten Mal stand nicht nur das Baby im Vordergrund, sondern auch ich als Mutter.

Nach einer gründlichen Untersuchung von Tim, welche die Koordination von Armen und Beinen, das gezielte Greifen nach Gegenständen und die erste Sprachentwicklung umfaßte, wurde der Verlauf der Wirbelsäule betrachtet. Die Ärztin stellte fest, daß bestimmte Bewegungsabläufe nur eingeschränkt ausgeführt werden konnten. Daraufhin stellte sie ein Rezept zur manuellen Therapie nach Bobath aus. Ansonsten war die Ärztin mit Tims Entwicklung sehr zufrieden. Im Anschluß daran nahm sie sich ausreichend Zeit für ein Gespräch mit mir. Ich sprach über meine Ängste und Sorgen durch die Frühgeburt. Sie erklärte mir, daß ich geduldig mit Tim sein mußte, und daß er sehr viel mehr Aufmerksamkeit benötigte als andere Kinder. Es würde sich vieles mit der Zeit von selbst regulieren. Doch die Zeit verstrich in den ersten Jahren nur sehr langsam und viele Probleme standen uns noch bevor.

Mit dem Rezept in der Hand betrat ich die Physiotherapie. Zweimal in der Woche nahm Tim an der manuellen Therapie nach Bobath teil. Eine Behandlung dauerte zwischen zwanzig und dreißig Minuten. Ziel der Therapie ist es, Funktionsstörungen am Bewegungsap-

parat zu erkennen und mit gezielten Handgriffen Schmerzlinderung zu erreichen. Durch die zu frühe Lagerung der Säuglinge auf den relativ harten Matratzen im Inkubator entsteht eine Einschränkung in der Beweglichkeit der Wirbelsäule. Durch die intensive manuelle Therapie wird die Muskulatur gelockert und beweglicher. Diese Behandlungen waren fast immer mit Schmerzen für das Baby verbunden, was sich in lautstarkem Weinen äußerte. Auf Anraten der Physiotherapeutin trainierte ich zusätzlich jeden Tag mit Tim diverse Bewegungsabläufe zu Hause. Das Baden im Badetöpfchen war eine der angenehmen Übungen, welche ich jeden Abend durchführte. Ich legte in einen Eimer ein weiches Handtuch und füllte diesen mit warmem Wasser. Anschließend setzte ich Tim hinein. Beim Baden spürte er noch einmal das Gefühl von Enge und Geborgenheit. Am frohen Planschen merkte ich, daß es ihm viel Spaß bereitete.
Die manuelle Therapie verlief über einen Zeitraum von acht Monaten. Jedoch unterbrach ich die Therapie zwischendurch für vier Wochen, da ich die Schmerzen, die Tim bei der Behandlung hatte, einfach nicht mehr ertragen konnte. Wir brauchten eine Auszeit, um wieder zur Ruhe zu kommen. Diese therapeutische Maßnahme war eine enorme physische und psychische Belastung für uns beide. Von anderen Müttern mit Frühchen erfuhr ich, daß einige die Behandlung sogar abbrachen, weil sie das häufige Weinen der Kinder psychisch nicht mehr verkrafteten.
Im nachhinein betrachtet bin ich allerdings froh, daß ich die Therapie bis zum Ende durchgehalten habe. Jedoch glaube ich, daß das viele tägliche Üben eine Überforderung für Tim darstellte. Die kleinen „Aussetzer“, wie ich später noch berichten werde, fanden mit großer Wahrscheinlichkeit eine der Ursachen in dem zu intensiven Trainieren.
Tim war inzwischen sechs Monate alt. Endlich erhielten wir einen langersehnten Termin für die Frühgeborenen-Sprechstunde. Die uns dort betreuende Oberärztin war ausgesprochen nett und sprach mir viel Mut zu. Eine der ersten Handlungen war, neben der Kontrolle des Bewegungsablaufes, des Greifens und der Sprachentwicklung, das Alter von meinem Sohn zu korrigieren. Tims Entwicklung wurde ab nun nicht mehr nach dem tatsächlichen, sondern nach dem berechneten Geburtstermin ermittelt. So wurden die drei Monate, welche Tim zu früh auf die Welt kam, von seinem tatsächlichen Le-

bensalter abgezogen. Dieser Entwicklungsstand war realistischer und setzte mich nicht so unter Druck.
Tim konnte sich bereits umdrehen von der Bauchlage in die Rükkenlage und erste Silben verdoppeln. Die Oberärztin verglich ihre Beobachtungen mit den Tabellen und stufte diese als normal ein. Von diesem Zeitpunkt an suchten wir in regelmäßigen Abständen die Frühgeborenen-Sprechstunde auf. Im Laufe der Zeit berichtete ich der Ärztin von den unzähligen Infektionen, besonders während der Herbst- und Wintermonate, wo eine Mittelohrentzündung die andere ablöste. Die eine Otitis media war noch nicht mal vollständig abgeklungen, da entzündete sich meist schon wieder das andere Ohr. Ich erzählte ihr von den unzähligen Antibiotika und dem hohen Fieber, was gelegentlich bis zur Apathie führte. Ständig war ich in Alarmbereitschaft und in Sorge um mein Baby. Die Oberärztin hörte mir aufmerksam zu und erklärte mir, daß die Bereitschaft für Infektionen bei Frühchen extrem erhöht sei, und daß sich mit der weiteren Entwicklung das Immunsystem stabilisieren würde. Somit würde er später nicht mehr so anfällig gegenüber Erkrankungen sein. Diese Worte trösteten mich zu diesem Zeitpunkt nur sehr wenig.
Eines Tages bekam Tim eine starke Darminfektion. Fast stündlich wechselte ich die Windel. Es war so intensiv, daß ich zwei Windeln um ihn herumwickelte. Glücklicherweise war ich gerade bei meinen Eltern zu Besuch. Sie standen mir hilfreich zur Seite und stellten eine Waschmaschine nach der anderen an. Auch in der Nacht wickelte ich Tim unermüdlich. Schlaftrunken und fast mechanisch führte ich diese Bewegungen aus. Tim wurde jedes Mal munter. Aber ich glaubte, ein Leuchten in seinen Augen und ein Lächeln gesehen zu haben. Nach drei Tagen hatte sich fast alles wieder normalisiert. Ich war stolz auf mich, denn Tim hatte keinen wunden Po bekommen. Als ich zufällig in seinen Mund blickte, erkannte ich das erste Zähnchen. Es wird mir ständig in Erinnerung bleiben. Jedes weitere Zähnchen, was durchbrach, ging mit einer eitrigen Mittelohrentzündung einher. Mittlerweile war Tim ein Jahr alt geworden. Mit dreizehn Monaten fing er an, die ersten Schritte alleine zu gehen. Es war ein bewegender Moment. Doch von einem gesundheitlichen Aufwärtstrend fehlte jegliche Spur. Ich war ausgelaugt von den ständigen Krankheiten meines Kindes und von den unzähligen Arztbesuchen. So beantragte ich bei der Krankenkasse eine Mutter-Kind-Kur. Mit den mir zu-

geschickten Unterlagen ging ich zur Kinderärztin. Diese füllte den erforderlichen Fragebogen aus. Hier bekam ich einen Schreck, als ich sah, wie oft ich mit Tim unter anderem wegen der eitrigen Mittelohrentzündungen bei ihr in Behandlung war. Nach drei Widerspruchsverfahren, die sich über einen Zeitraum von mehr als sechs Monaten streckten, erhielt ich endlich von der Krankenkasse eine positive Antwort. Ich konnte mit Tim und Sarah zur Kur fahren. Ich freute mich riesig über den endlich bewilligten Bescheid. Mit letzter Kraft fuhr ich zum Kurhaus. Dort angekommen, stellte ich schnell fest, daß die Betreuung für Kinder ab drei Jahren geeignet war. Ideal für Sarah, aber ungenügend für Tim mit seinen eineinhalb Jahren. Die Betreuungszeit der Kinder betrug vormittags und nachmittags je zwei Stunden. In der verbleibenden Zeit standen die therapeutischen Maßnahmen auf dem Programm. Während Sarah das Mittagessen in der Kindergruppe einnehmen konnte, mußte ich Tim zum Essen abholen. Im Speisesaal half ich ihm beim Essen. Doch selbst fand ich zum Essen kaum Zeit, da ich nur mit Tim beschäftigt war. Neben den Behandlungen blieb am Nachmittag noch genügend Zeit für den Ostseestrand. Wir bauten Kleckerburgen aus Sand, fütterten die Möwen oder liefen den Sandstrand entlang. Viel zu schnell verstrichen die drei Wochen.

Im Alter von knapp zwei Jahren beobachtete ich bei Tim kleine „Aussetzer". Zwischen sechs und acht Mal am Tag wurde ich in Angst und Schrecken versetzt. Während dieser Phasen lag er mehrere Sekunden reglos auf dem Bett. Seine Augen blickten starr in eine Richtung. Die Atmung setzte aus. Es schnürte mir die Kehle zu. Panik breitete sich in mir aus. In meiner Verzweiflung brüllte ich Tim an, daß er endlich atmen sollte, und „rüttelte" ihn. Sekunden später fing er an zu schreien. Tausend Steine sprangen von meinem Herzen. Ich war überglücklich, daß er wieder atmete, und beruhigte ihn wieder. Ich nahm ihn in meine Arme, streichelte ihn und freute mich, daß er wieder bei Bewußtsein war. Diese zusätzliche Belastung, welche über knapp eineinhalb Jahre fast täglich währte, zermarterte mich physisch und psychisch zusätzlich. Ich durchlebte ständig Panikattacken. Ich hatte permanent Angst um das Leben von Tim. Nachts wachte ich schweißgebadet auf und schaute nach meinem Sohn. Meine Muskeln waren verkrampft und ich bemerkte öfter ein Ziehen in der Brust. Diese Beschwerden lösten in mir permanente Angst vor einem

Herzinfarkt aus. Alle Alarmglocken waren ständig in Bereitschaft. Ich fand überhaupt keine Entspannungsphase mehr.
Immer wieder unterbrach ich die Nachtruhe, um am Bett zu horchen, ob Tim noch atmete. Die fortwährende Angst und Sorge um Tims Leben konnte ich kaum noch ertragen.
In meiner Verzweiflung suchte ich Rat bei einer Psychologin. Sie stellte fest, daß ich durch die Frühgeburt meines Sohnes und dessen gesundheitliche Probleme traumatisiert war. Mittels einer Traumatherapie versuchte ich, neue Kräfte zu mobilisieren und die Panikattacken in den Griff zu bekommen.
Inzwischen rückte Tims zweiter Geburtstag immer näher. Ich war ausgelaugt und kraftlos. So entschloß ich mich, ihn in der Kindertagesstätte anzumelden. Kurze Zeit später erhielt ich einen Krippenplatz für ihn. In der Eingewöhnungsphase spielte Tim täglich drei Stunden in der Kindergruppe. Er integrierte sich sehr schnell und beschäftigte sich gerne mit gleichaltrigen Kindern. Der Übergang von zu Hause in den Kindergarten fiel ihm leicht. Bestimmt lag es auch daran, weil wir jeden Tag Sarah zu den Kindern brachten und wieder abholten. Nach einer vierteljährlichen Eingewöhnungsphase ging ich wieder meiner Arbeit an der Universität nach. Ich war froh, meine Tätigkeit wieder aufnehmen zu können. Dennoch stellte ich einen Antrag auf Arbeitszeitverkürzung, um noch ausreichend Zeit für meine Kinder zu haben.
Es kam der nächste Herbst, und wieder begann die anstrengende Zeit der Erkältungskrankheiten und Mittelohrentzündungen. Während des akuten Krankheitsverlaufes betreute ich die kranken Kinder. Zur weiteren Pflege bis zur Gesundheit kurierten meine Eltern die Kinder aus, was sie auch heute noch sehr liebevoll tun. Für die intensive Unterstützung bin ich ihnen sehr dankbar.
Die ständigen Krankheiten der Kinder, besonders von Tim, erschöpften mich total. Meine Kraftreserven waren schon längst aufgebraucht. Tagsüber war ich ziemlich nervös und funktionierte nur noch wie eine Maschine. Zur Arbeit ging ich mechanisch, und die Kinderbetreuung am Nachmittag forderte meine letzten Kräfte. Ich fühlte mich wie ein Wasserfaß, welches ständig überlief, unaufhaltsam und mit stetiger Kontinuität. Ich brauchte Rast, um neue Lebenskräfte zu schöpfen, doch die fand ich nicht.

Inzwischen war Tim dreieinhalb Jahre. Von der Mobilität und Sprachentwicklung war er altersgerecht entwickelt. Daß ich ihn soweit gefördert habe, darauf bin ich besonders stolz. Es hat mich sehr viel physische und psychische Kraft gekostet. Mich, Tim und die gesamte Familie.

Letzten Mittwoch nahm der Alptraum seinen Lauf.
An diesem Morgen brachte ich meine Tochter Sarah ins Krankenhaus. Nach langem Hin und Her hatte ich mich entschlossen, ihr die Ohren anlegen zu lassen.
Pünktlich halb acht, das war unsere Bestellzeit, trafen wir in der Klinik ein. An der Anmeldung angekommen, zog ich ein Kärtchen mit der Nummer zwölf. Im Augenblick befand sich eine Dame mit dem Schildchen Nummer drei an der Rezeption. Nach sage und schreibe zehn Minuten wurde die Nummer vier aufgerufen. Diese Mutter mit einem kleinen Jungen kam bereits nach acht Minuten aus der Anmeldung. Immerhin waren nur noch sieben Patienten vor uns dran. In mir spürte ich eine zunehmende Unruhe aufkeimen. Nach der Nummer fünf hielt ich das Warten nicht mehr aus. Kurzentschlossen ging ich in das ominöse Zimmer. Während einer kurzen Diskussion mit der Frau an der Anmeldung erklärte ich ihr, daß meine Tochter einen Operationstermin hatte und wir nicht länger warten könnten. Tatsächlich, es funktionierte. Sie händigte mir alle nötigen Unterlagen aus und wir begaben uns auf den Weg zum Bettenhaus.
Dort angekommen, empfing uns ein netter Krankenpfleger. Er brachte uns in einen kleinen Umkleideraum. Sarah zog sich ein mit Teddybären bedrucktes Nachthemdchen über. Gleich darauf wurden wir in den Operationstrakt gebracht. Das Zäpfchen zur Beruhigung wurde Sarah verabreicht. Ich band ihr die Haare zu kleinen Zöpfchen zusammen und las ihr Geschichten aus Kinderbüchern vor. Nach geraumer Zeit kam die OP-Schwester und nahm meine Tochter auf den Arm. Das Lieblingskuscheltier, die graue Katze Minka, fest in der Hand haltend, verschwanden beide im Operationssaal.
Die Operation würde zwei Stunden dauern. Während dieser Zeit nahm ich im Foyer Platz und las ein Buch. Die Zeit verstrich und ich meldete mich bei den Schwestern zurück. Hoffentlich war die Operation ohne Probleme verlaufen? Der Pfleger schob das Bett mit meiner kleinen Maus aus dem OP-Trakt. Ein dicker Verband war um

Kopf und Ohren gewickelt. Sanft drückte ich meine kleine Sarah an mich und küßte sie auf die Nasenspitze. Nachdem ich flüchtig die Unterlagen und den Beutel mit der Garderobe wahrnahm, fiel mir auf, daß Minka nicht mit im Bett saß. Ich bat den Pfleger, nach dem Kuscheltier Ausschau zu halten. Währenddessen fuhren wir mit dem Fahrstuhl in die achte Etage. Im Spielzimmer angekommen, verabschiedete er sich von uns und versprach, die Katze zu suchen.
Als wir alleine im Zimmer waren, legte ich Sarah vorsichtig die Decke über: „Schlafe noch ein wenig", flüsterte ich ihr zu. Ich setzte mich neben ihr Bett und wollte mein Buch weiterlesen. Plötzlich setzte sich meine Tochter aufrecht hin und versuchte, sich die Flexüle, welche sich in der linken Hand befand und mit einer Binde umwickelt war, herauszuziehen. Ich versuchte, sie zu beruhigen. Hysterisch begann sie, noch im Rausch der Narkose stehend, den Verband an ihrer Hand zu lösen. Die Wut meiner Tochter steigerte sich ins Unermeßliche: „Mama, du hast mir versprochen, daß meine Ohren operiert werden. Jetzt ist meine Hand operiert." Ich versuchte, Sarah zu besänftigen. Behutsam streichelte ich über ihr Gesicht. Doch meine Hand wurde davongestoßen. Jetzt attackierte sie mich mit Händen und Füßen. Alles, was sich im Bett befand, wurde herausgeschmissen. Ich konnte sie nicht mehr beruhigen. Noch immer schimpfend, versuchte Sarah, aus dem Bett zu klettern. Sie sprang heraus. Was war nur los mit ihr? Noch nie hatte ich bei meinen Kindern einen Wutausbruch erlebt. Torkelnd lief sie durch das Zimmer. Kurz bevor sie umfiel, fing ich sie auf.
In meiner Verzweiflung drückte ich den Notrufknopf. Keiner kam. Langsam wußte ich mir wirklich keinen Rat mehr. Von einer Krankenschwester war weit und breit nichts zu sehen. Meine Tochter rief noch immer: „Ich will nach Hause." Und zerrte wie wild an der Flexüle. Unter Protest meiner Tochter und dem Rufen sämtlicher Schimpfwörter hielt ich sie fest und ging zu den Krankenschwestern. Diese teilten mir nur mit, daß ich weiterhin im Zimmer warten solle. Es käme später eine Schwester vorbei. Ratlos ging ich zurück. Die Schwestern kamen nicht. Inzwischen brauchte ich sie auch nicht mehr. Nach einer turbulenten halben Stunde war offensichtlich der Rausch der Narkose überstanden. In Sarah war wieder Ruhe eingekehrt. Wir setzten uns beide an den Spieltisch und würfelten, spielten Schach und ich las ihr lustige Tiergeschichten aus Büchern vor.

Auf einmal war meine Tochter wieder das liebste Kind. Nur eines fehlte: Minka. Ständig fragte mich Sarah nach ihrem Kuscheltier. Ich erkundigte mich bei unzählig vielen Krankenschwestern, Pflegern und Ärzten nach der Katze. Es wurde auch im Operationssaal der Wäschesack durchsucht. Aber Minka blieb unauffindbar. Mit traurigem Gesicht und leeren Händen kehrte ich ins Zimmer zurück. Sarah weinte, weil Minka nicht bei ihr war. Kurzentschlossen zog ich meine Tochter an und ging mit ihr hinunter zum OP-Trakt. Leider wurde uns hier auch keine andere Antwort gegeben. Die Katze blieb verschollen. Wieder kullerten Tränen über Sarahs Gesicht, trotzdem versuchte sie, tapfer zu sein. Ich ließ mir die Telefonnummer von der Wäscherei geben und wir fuhren mit dem Fahrstuhl wieder auf Station.
Vier Stunden waren inzwischen vergangen. Jetzt durfte Sarah das erste trinken. Ich bat die Schwester um ein wenig Tee. Mit Naserümpfen reichte sie mir eine Flasche Wasser. Der Hunger ließ auch nicht lange auf sich warten. Abermals fragte ich, diesmal eine andere Krankenschwester, ob ich einen Keks bekommen könnte, da ich nichts zu essen mitgebracht hatte. Mit folgender Antwort hatte ich jedoch nicht gerechnet: „Ihre Tochter ist eine ambulante Patientin, und für diese gibt es nichts zu essen."
Nicht das auch noch. Höflich bat ich noch einmal um einen kleinen Keks oder eine Waffel. Aber an der Antwort änderte sich nichts. Meine Wut konnte ich kaum noch zügeln. Das ganze Drama wegen eines lumpigen Kekses. Unverrichteter Dinge kehrte ich abermals mit leeren Händen in das Spielzimmer zurück. Da fiel mir ein, daß meist im Krankenhaus ein Süßwarenautomat steht. Nun galt es ihn nur noch zu finden. Nach kurzem Suchen fanden wir den Automaten. Der erste Hunger wurde gestillt.
Auf Station wieder angekommen, sprach ich eine Krankenschwester an und erkundigte mich nach einem Arzt, wegen des Abschlußgespräches. Der Doktor werde nachher kommen. Die Zeit verging und niemand kam. Nun sprach ich den Arzt persönlich an und teilte ihm mit, daß mein Sohn im Kindergarten auf mich wartete: „Ich komme sofort." Tatsächlich war er nach wenigen Minuten bei uns. Noch auf dem Korridor erhielt ich den Arztbrief. Täglich sollte ich meine Tochter beim HNO-Arzt vorstellen. Kommenden Mittwoch sollte der Verband gewechselt und am Freitag entfernt werden. Gleich-

zeitig würden die Fäden gezogen. Heute abend sollte ich Sarah zur Schmerzlinderung ein Zäpfchen geben.
Hatte dann die Odyssee ein Ende? Zu Hause angekommen, bereitete ich Sarah ein Kuschelnest. Nachdem ich Tim aus dem Kindergarten abholt hatte und zu Hause ansah, bemerkte ich, daß seine Augen entzündet waren. Nicht nur das. Husten und Schnupfen waren schlimmer geworden und beide Ohren „liefen". Nicht das auch noch. Schon wieder hatte Tim eine eitrige Mittelohrentzündung. Es war inzwischen schon spät geworden. Wenn wir uns beeilten, schafften wir es noch rechtzeitig zum Kinderarzt. Wieder einmal bekam mein Sohn das volle Medikamentenprogramm. Ein Antibiotikum wurde verordnet, Augensalbe, Nasenspray und Hustensaft. Außerdem rieb ich ihm Brust und Rücken mit Salbe ein. Sarah verabreichte ich ein Zäpfchen. Nun hatte ich mehr als genug Medikamente an die Kinder verteilt. Ich versprach beiden, daß sie in meinem Bett schlafen konnten. Um neunzehn Uhr gingen wir drei schlafen. Die einzige, welche sofort einschlief, war ich.
Gegen einundzwanzig Uhr weckte mich meine Tochter: „Mama, ich kann nicht schlafen. Meine Ohren tun so weh", wimmerte Sarah. Was sollte ich jetzt tun? Auch Tim wälzte sich von einer Seite zu anderen und schnarchte so vor sich hin. Jedenfalls entschloß ich mich, ihm noch ein Zäpfchen zur Beruhigung zu geben. Kurz darauf packte mich ein beunruhigendes Gefühl. Hatte ich ihm nicht doch zu viele Medikamente verabreicht? Aber er schlief ruhig weiter.
Immer noch klagte Sarah über zunehmende Ohrenschmerzen. Ich suchte die Notrufnummer des kassenärztlichen Bereitschaftsdienstes heraus und wählte die Telefonnummer. Am anderen Ende meldete sich ein Mann. Ich erzählte ihm von der heutigen Ohrenoperation, dem Zäpfchen, welches ich ihr vor dem Schlafen gegeben hatte, und von den Schmerzen, über die sie jetzt klagt. Der Herr am Telefon hörte sich alles an und meinte schließlich zu mir: „Ich weiß, was Sie tun könnten, aber da ich kein Arzt bin, darf ich es Ihnen nicht sagen." Nicht schon wieder. Wieder schilderte ich die Situation und bat ihn, mir zu helfen. Aber auch dieses Mal war die Antwort die gleiche. Er dürfe es mir nicht sagen, aber er könnte einen Rettungswagen vorbeischicken. Dieses lehnte ich jedoch ab. Ich würde es selber noch einmal versuchen.

Eine weitere Stunde war vergangen und die Ohrenschmerzen nahmen zu. Auch mein Kopf begann zu schmerzen. Abermals rief ich den kassenärztlichen Dienst an. Wir waren müde und erschöpft. Die Rufnummer war besetzt. Eine Frauenstimme vom Band meldete sich, daß alle Leitungen besetzt waren und die nächste freie Stelle für mich reserviert war.
„Wann werde ich denn endlich an der Reihe sein?“ Langsam brachte mich die Frauenstimme mit ihrem monotonen Singsang zur Verzweiflung. Ich legte auf und versuchte einen nochmaligen Anruf. Jedoch ohne Erfolg. Neben mir jammerte meine Tochter, daß sich die Schmerzen verschlimmerten, und ich lauschte in Erwartung immer noch der Stimme des Anrufbeantworters. Nach einer halben Stunde kam mir eine glänzende Idee. Ich legte den Telefonhörer auf und suchte den Arztbrief hervor. Warum war ich nicht schon eher darauf gekommen? Ich wählte die dort angegebene Rufnummer. Aber auch hier verließ mich das Glück. Es war die Telefonnummer der Ambulanz, und diese schloß ihre Pforten bereits um sechzehn Uhr. Was sollte ich jetzt tun? Auch das Telefonbuch half mir nicht wirklich weiter. Aber jetzt. Es gab doch noch die Auskunft. Nach einem erneuten Anruf in der Klinik hatte ich eine sehr nette Krankenschwester am Telefon. Ich schilderte ihr die Situation und sie half mir prompt weiter. Sie meinte, daß ein Zäpfchen vollkommen unterdosiert sei und die Dosis erhöht werden müsse. Ich bedankte mich und verabreichte Sarah noch ein weiteres Zäpfchen. Die Uhr zeigte inzwischen dreiundzwanzig Uhr fünfzehn an. Ich hatte keine Ahnung, ob es das Zäpfchen war oder einfach nur die pure Erschöpfung. Jedenfalls schliefen wir sofort ein.
Als meine Tochter am nächsten Morgen über Ohrenschmerzen klagte, gab ich ihr gleich die höhere Medikamentendosis. Das hatte ich im Augenblick gut im Griff.
Tim hingegen ging es nicht wirklich besser. Während ich ihm die „laufenden“ Ohren putzte, lag auf einmal ein kleines Titanröhrchen auf dem Wattestäbchen. Das durfte doch alles nicht wahr sein! Im November letzten Jahres hatte ich meinen Sohn bereits zum zweiten Mal an den Ohren operieren lassen. Damals wurde zur Belüftung des Ohres ein Titanröhrchen in das Trommelfell eingesetzt. Es sollte doch länger halten als bei der letzten Operation, wenigstens bis zum Sommer, doch jetzt war erst Februar.

Warum? Warum mußte das alles passieren?
Glücklicherweise konnte Sarah einige Tage bei meinen Eltern verbringen. Mittlerweile ging es ihr besser. Tim päppelte ich noch etwas auf. Jeden Tag, an dem sich der Gesundheitszustand meines Sohnes besserte, ging es mir immer schlechter. Inzwischen plagte mich ein massiver Infekt. Der Bub indessen war wieder mobil.
Endlich war Sonntag. Heute waren beide Kinder bei Oma und Opa, und das sogar für eine ganze Woche. Ich danke ihnen, daß es sie gibt. Hurra. Endlich sturmfreie Bude. Doch leider fühlte ich mich total krank und erschöpft.
Es war Montag. Zunächst wollte ich einen Termin zur Verbandabnahme und zum Fädenziehen für Freitag vereinbaren, so, wie es im Arztbrief stand.
Ich rief in der Klinik an. Eine Schwester meldete sich. Ich äußerte meinen Wunsch nach einem Termin. „Leider kann ich am Freitag keinen Termin vergeben", lautete ihre Antwort. „Weshalb nicht?" fragte ich. „An diesem Tag findet ein Symposium statt und deshalb werden keine Patienten behandelt." Ich erzählte ihr von der Ohrenoperation meiner Tochter und dem Arzt, welcher mir sagte, daß am Freitag die Fäden gezogen werden sollten. „Ich werde die Frau Professor fragen. Rufen Sie bitte in einer halben Stunde wieder an", kam die Antwort vom anderen Ende der Telefonleitung. Abermals telefonierte ich mit der Klinik. Dieses Mal meldete sich eine andere Schwester. „Termine für Freitag kann ich leider nicht eintragen, da ein Strich in dem Bestellbuch ist." Ich wußte bereits etwas, was dieser Frau offensichtlich noch nicht bekannt war. „An diesem Tag findet ein Symposium statt und es werden keine Patienten behandelt", gab ich zur Antwort. „Ich sprach bereits mit Ihrer Kollegin." Kurze Zeit später war diese am Apparat. Sie hatte sich noch einmal erkundigt, aber an dem Freitag wurden nur Notfälle behandelt. „Wann soll ich mit meiner Tochter zum Fädenziehen kommen?" fragte ich. „Kommen Sie am Donnerstag." „Bitte geben Sie mir einen Termin." „Tut mir leid, aber ich kann keine Termine vergeben. Wenn Sie allerdings gegen sieben Uhr dreißig in der Klinik sind, bestehen gute Chancen, behandelt zu werden." Mich frustrierte die Situation.
Der Dienstag kam. Noch immer war ich auf der Suche nach dem verlorengegangenen Kuscheltier. Ich suchte die Telefonnummer der Wäscherei heraus, die ich mir im Krankenhaus geben ließ. „Nein,

hier ist keine Katze aufgetaucht", lautete die Antwort. Also doch, Minka wurde mit ziemlich hoher Wahrscheinlichkeit in der Klinik gestohlen. Wer tut nur so etwas kleinen Kindern und Eltern an? Meine Wut steigerte sich enorm.

Am Abend hatte meine Tochter einen Termin zum Verbandwechseln. Ich holte Sarah von den Großeltern ab und fuhr zum Hals-Nasen-Ohrenarzt. Nach eineinhalb Stunden Wartezeit waren wir endlich dran. Der Arzt betrachtet sich den Verband und kam zu der Ansicht, daß dieser noch gut sitze. Wir konnten wieder gehen. Was sollte das bedeuten? „Der Verband sollte doch heute gewechselt werden", sagte ich. Der Arzt schüttelte den Kopf. Im Brief stand, daß nur eine Verbandkontrolle erfolgen sollte. Deswegen saß ich eineinhalb Stunden im Wartezimmer? Zur Kontrolle? Daß der Verband noch bestens sitzt, war nicht zu übersehen. Wieder schüttelte ich nur den Kopf. Konnte es eigentlich noch schlimmer kommen?

Am nächsten Tag brachte ich Sarah wieder zu meinen Eltern.

Inzwischen war Donnerstag. Mit Grausen blickte ich diesem Tag entgegen. Was würde heute alles schiefgehen? Meine Tochter und ihr Opa warteten bereits seit einer halben Stunde auf mich in der Klink. Auch wenn wir jetzt erst verabredet waren. Aber sie hatten das begehrte Kärtchen gezogen. Es war die Nummer zwei. „Hurra." Wir wurden zügig aufgerufen. Die Ärztin kannte ich schon von der OP-Vorbereitung. Sie fotografierte vor der Operation die Ohren meiner Tochter. Es waren die Vorher-Bilder. Die Ärztin fragte mich, wann der Verband gewechselt wurde. „Bis jetzt noch gar nicht", war meine Antwort. Ich erzählte ihr die Kurzfassung unserer Odyssee. „Wie vertrug Ihre Tochter das Antibiotikum?" fragte sie weiter. „Welches Antibiotikum? Ich erhielt kein Rezept für Medikamente." Das Rezept fand sich sehr schnell in der Krankenakte. Gut, daß es dort lag, dachte ich. Wie viel Ärger und Schmerzen hätte uns das Medikament erspart?

Während der Verband entfernt wurde, fragte mich die Krankenschwester, ob sie das Pony abschneiden könnte. Das Pflaster klebte an den Haaren. „Nein", lautete meine Antwort. Fast mühelos lösten sich dann doch der Verband und das Pflaster von den Haaren.

„Gleich fotografieren wir die Ohren. Das ist ein Beleg für den Operationserfolg", sagte die Ärztin. Zum Fäden entfernen wurde keine kleine Schere gefunden, deshalb nahm die Ärztin eine große. Sie und

die Krankenschwester unterhielten sich währenddessen mit meiner Tochter über die Schule. Endlich sah ich die Ohren in voller Pracht. Auch Sarah bewunderte sich im Spiegel. Wir waren begeistert.
„Am Tag bleiben die Ohren ohne Verband. Jedoch am Abend sollte ein Verband das Umknicken der Ohren verhindern. Es wird ihnen gleich gezeigt, wie der Verband angelegt wird“, meinte die Schwester. Doch wie ich bandagieren sollte, zeigte mir niemand. „Bekommt meine Tochter noch eine Sportbefreiung?“ fragte ich. „Natürlich.“ Gleich darauf wurde diese ausgestellt. Warum muß man immer nach allem selber fragen, dachte ich. Die Behandlung war beendet. Eigentlich sollten noch Fotografien angefertigt werden. Gerade jetzt, wo Sarah so schöne, enganliegende Ohren hatte. Aber wir verließen das Arztzimmer. Ich glaube, an etwas können Ärzte auch selber denken. Jetzt hatte ich noch eine Überraschung für meine Tochter. Gestern suchte ich in allen Kaufhäusern und Spielwarengeschäften der Innenstadt nach einer Katze. Doch keine sah so ähnlich aus wie Minka. Der letzte Spielzeugladen. Neugierig durchstöberte ich das Plüschtierregal. Wieder nichts. Gerade wollte ich mich für einen Hund mit Schlappohren entscheiden, da fiel mein Blick auf ein Kuscheltier hinter einem Stofflöwen. Ich holte es hervor. Das ist sie, dachte ich. Drei Stunden hatte ich nach ihr vergeblich gesucht. Doch jetzt hatte ich sie gefunden. Diese Katze sah Minka sehr ähnlich. Ihr Fell war jedoch viel heller. Mir fiel ein Stein vom Herzen. Hoffentlich gelang mir die Überraschung? Zu Hause angekommen, gab ich meiner Tochter die Tüte. Aufgeregt raschelte sie daran. Sie holte die Katze heraus und ihre Augen leuchteten. Ein Lächeln breitete sich über ihren Mund aus: „Sarafina ist ihr Name“, und sie schmiegte die Katze fest an ihren Körper.
All das erlebte ich in nur eineinhalb Wochen. Ich glaubte selber nicht, daß der ganz normale Wahnsinn des Alltags doch noch mit einem Lächeln enden konnte.

Im Sommer, Sarah war gerade fünf Jahre alt geworden und Tim drei, fuhren wir in den Urlaub an die Ostsee. Noch bevor der Urlaub richtig losging, klagte Tim über Ohrenschmerzen und Sarah hatte Halsschmerzen. Also starteten wir den Urlaub mit einem Besuch beim Kinderarzt. Wie üblich begann sich bei Tim eine Mittelohrentzündung zu manifestieren. Wieder einmal wurde ihm ein An-

tibiotikum verordnet. Sarah kämpfte mit einer angehenden Angina. Meine Nerven lagen ziemlich blank.
Nach einer achtstündigen Fahrt kamen wir in unserer Ferienwohnung an. Kurz nachdem wir die Koffer ins Zimmer gestellt hatten, liefen wir hinunter zum Strand. Wir zogen die Schuhe aus und gingen durch den warmen, weichen Sandstrand. Das Meer rauschte und die Möwen kreischten über uns. Die Luft roch nach Fisch und auf der Zunge bildete sich ein salziger Geschmack.
Wir unternahmen in den kommenden zwei Wochen Ausflüge ins nahegelegene Pilzmuseum, den Vogelpark in Marlow, fuhren nach Rostock und Warnemünde zum Hafen und verbrachten genügend Zeit am Ostseestrand. Am Wochenende besuchten wir das Puppentheater mit dem Ostseekasper.
In den Nächten schlief ich nur noch etwa vier Stunden. Ich lag stundenlang wach und dachte über alles mögliche nach und fand keine Ruhe zum Schlafen. Tagsüber wirkte ich abgespannt und müde. Den Kindern ging es in der zweiten Urlaubswoche schon viel besser. Sie tollten nach Herzenslust am Sandstrand herum, bauten Kleckerburgen aus feuchtem Sand oder spielten Ball. Die Zeit verging wie im Fluge. Schon traten wir wieder die Heimreise an. Zu Hause angekommen, türmten sich Berge von Wäsche, der Kühlschrank war leer und die Kinder suchten nach Beschäftigungen.
In dieser Nacht lag ich wieder einmal stundenlang wach und dachte über die Beziehung zu Robert nach. Immer wieder kreisten meine Gedanken um eine Trennung von meinem Mann. Wir sprachen kaum noch miteinander, und für die Kinder fand er selten Zeit. Ich hoffte vergebens auf Unterstützung von ihm. Meine letzten Kräfte waren am Schwinden. Ich funktionierte nur noch. Mechanisch erledigte ich alle Aufgaben. Durch den Schlafmangel reagierte ich zusätzlich gereizter. Außerdem bildeten sich zunehmend dunkler werdende Augenringe. Der Urlaub war kaum zu Ende, schon begann die Arbeit wieder. Doch ich fühlte mich schon jetzt wieder urlaubsreif. Am Montagmorgen fuhr ich mit dem Auto zum Institut. Bei meiner täglichen Laborarbeit hatte ich das Gefühl, vor einer Prüfung zu stehen. Es schien, daß mich selbst die kleinsten Tätigkeiten überforderten. Am Nachmittag vergaß ich das Auto auf Arbeit und fuhr statt dessen mit der Straßenbahn nach Hause. Anschließend holte ich meine Kinder vom Kindergarten ab. In der Kindertagesstätte glaubte ich, einen

Aushang gelesen zu haben, worauf stand, daß morgen ein Wandertag stattfinden würde. So packte ich am nächsten Tag Verpflegung für ein Picknick und eine Trinkflasche in den Rucksack der Kinder.
Ich ahnte zu diesem Zeitpunkt nicht, daß es meine eigene Wanderung werden würde. Anders als sonst üblich nahm ich an diesem Morgen nicht meine Handtasche, sondern legte meine Papiere in den Rucksack und schnallte mir diesen auf den Rücken. Dieser Tag, so glaubte ich, würde etwas Besonderes werden. Pünktlich verließ ich die Wohnung und begab mich auf den Weg zur Arbeit. Doch vier Haltestellen früher als gewöhnlich stieg ich aus der Straßenbahn aus und beobachtete eine Oldtimerparade in der Stadt.
Plötzlich hatte ich das Gefühl, mich von meinem Herzen und meinen Gefühlen leiten zu lassen. Ich vergaß, daß ich zur Arbeit wollte. Statt dessen überlegte ich, wohin mich mein Herz trieb. Mein Weg führte mich zum Universitätshauptgebäude. Vor dem Hörsaal dreizehn blieb ich stehen. Ein Zettel war von außen an die Tür geklebt. Darauf stand: „Ausnahmen für die Prüfung vorn am Pult melden". Studenten schrieben eine Prüfungsarbeit. Leise öffnete ich die Tür und ging hinein. Der riesige Hörsaal war fast vollständig mit Studenten belegt, welche über ihren Aufgaben schwitzten. Langsam schritt ich zum Lehrerpult hinunter und holte mir einen Bogen mit den Prüfungsaufgaben ab. Stellte meinen Rucksack neben das Pult und nahm meinen Platz in der letzten Reihe ein. Merkwürdigerweise war das Datum auf den gestempelten Prüfungszetteln um eine Woche zurückdatiert. Aber das störte mich in dem Augenblick wenig. Zunächst sollte ich die Art der Prüfung ankreuzen. Ich entschied mich für die Magisterarbeit und setzte ein Kreuz in das vorbereitete Kästchen. Ich war vollkommen relaxt und ausgeglichen. Eine der Fragen beschäftigte sich mit dem Thema Gemeinsamkeiten und Unterschiede von europäischen Staaten. Mein Blick schweifte durch den Hörsaal. Ich beobachtete die fleißig schreibenden Studenten. Mich amüsierte die Situation. Plötzlich fühlte ich mich wie Albert Einstein. Mir kam es vor, als würde ich über allen Dingen stehen. So, als wüßte ich auf jede Frage eine Antwort. Es war ein phänomenales Gefühl.
Die Fragen beantwortete ich stichpunktartig, denn ich glaubte zu diesem Zeitpunkt, daß ich die Antworten nicht ausformulieren brauchte, weil andere meine Gedankengänge auch so verstehen könnten. Die Prüfungszeit betrug vier Stunden. Doch schon nach einer knap-

pen Stunde hatte ich die Fragen beantwortet. Ich schaute nach vorn und sah auf der Tafel das Wort „Achtung“ geschrieben. Wie mein Blick so durch den Hörsaal glitt, erblickte ich einen Studenten, der spickte. Schon kreisten meine Gedanken um das Thema Abschreiben während einer Prüfung. Doch blitzartig sprangen meine Gedanken von einer Idee zur nächsten. Ich gab meine Arbeit dem Dozenten und verließ das Universitätsgebäude.
Nach kurzer Überlegung, wohin ich als nächstes gehen sollte, fiel mir ein, daß heute ein Arbeitstag war. Zu Fuß setzte ich meinen Weg fort. Doch kurz vor dem Institut erblickte ich eine Kindergartengruppe mit ihren Erzieherinnen, welche den Weg in Richtung Kinderklinik einschlugen.
Plötzlich verspürte ich ebenfalls den Wunsch, diese Klinik aufzusuchen. Kurze Zeit später stand ich vor der Frühgeborenenstation. Meine Gefühle überschlugen sich und ich weinte hemmungslos. Ich dachte an die monatelangen Krankenhausaufenthalte von Tim. Alles war wieder allgegenwärtig. Der Kampf um sein Überleben, das ständige Auf und Ab, die Operationen und die permanente Angst, ihn zu verlieren. Ständig gebe ich ihm meine ganze Liebe, aber die kleinen „Aussetzer“, diese Gratwanderung zwischen Leben und Tod, machen mich fast verrückt.
Noch in Gedanken versunken, führte mich mein Weg weiter in Richtung Frauenklinik. Auf dem Weg dorthin lief ich durch einen Park. Hier auf dieser Wiese dicht am Spielplatz trafen wir uns jährlich mit unseren Kleinkindern zum gemeinsamen Frühchentreffen. Mitarbeiterinnen der Intensivstation organisierten jedes Jahr im Sommer ein Picknick, wobei wir Eltern von frühgeborenen Kindern Erfahrungen austauschten und über die Entwicklung unserer Sprößlinge sprachen. Wir diskutierten über Probleme und sprachen uns gegenseitig Mut zu. Stolz berichteten wir über kleine Fortschritte und Freuden.
Auf dem Spielplatz stand eine Schaukel. Mit einem Mal verspürte ich das Bedürfnis, zu schaukeln. Ich setzte mich darauf und schwang mich in die Höhe. Beide Arme, welche eben noch schwer wie Blei an mir herunterhingen, wurden leicht wie eine Feder. Ich fühlte mich für einen Augenblick vollkommen unbeschwert. Plötzlich tauchte neben mir eine Frau mit einem Hund auf, welcher eine Halskrause trug. Die Krause erinnerte mich in dem Moment an Trompeten. So glaubte ich, Pauken und Trompeten zu hören, die nur für mich

erklangen. Doch es trieb mich weiter. Ich setzte meinen Weg zur Frauenklinik fort. Über einen Seiteneingang gelangte ich an eine Tür mit einer kleinen Fensterscheibe. Dahinter erblickte ich einen leeren Inkubator. Von drinnen drangen ganz leise Alarmgeräusche an meine Ohren. Ich dachte zurück an den ersten Besuch von Tim auf der Intensivstation. Sein erstes Bad in der kleinen blauen Puppenbadewanne. Das Kuscheln mit ihm. Die Ungewißheit vor dem nächsten Morgen. Das ständige Auf und Ab. Ich stand vor der Tür, und abermals flossen Tränen des Schmerzes wie Bäche über meine Wangen. Mein Blick blieb an dem Inkubator haften. Das war sein „Häuschen", welches ihn umschloß und schützte. Im Inneren war ich unendlich aufgewühlt. Ich durchlebte noch einmal die Gefühle von damals, sah in Gedanken die Bilder von der Ernährungssonde in der Kopfvene und zuckte bei den alarmierenden Signalgeräuschen unwillkürlich zusammen.
Es verging einige Zeit, bis ich mich wieder beruhigt hatte. Langsam wandte ich mich von der Klinik ab. Auf dem Hof erblickte ich einen kleinen schmalen Torbogen. Beim Hindurchschreiten spürte ich wie aus heiterem Himmel, daß sich diese Enge in mir weitete, daß ich das Zusammengepferchtsein hinter mir lassen konnte. Die Qualen ließen nach und ein Stückchen neue Kraft bahnte sich in mir einen Weg empor zum Licht. Eine Veränderung tat sich in mir auf.
Der Weg führte mich vorbei an diversen Plakaten. Schlagartig glaubte ich, die Plakate seinen alle extra für mich gedruckt worden. Jedes Bild enthielt eine Botschaft, die ich aufsaugte wie ein trockener Schwamm. Ich erkannte darin verschiedene Symbole. Ich interpretierte die Plakate von zwei Seiten. Ähnlich einer Münze mit Avers und Revers.
Von einem Augenblick zum anderen betrachtete ich alle Gegenstände und Gedankengänge von mehreren Seiten. Wog Informationen gegeneinander ab. Wobei ich halb verrückt wurde. Die Flut an Gedanken konnte ich kaum mehr bewältigen.
Ich lief weiter zur Straßenbahn und fuhr zurück zur Stadtmitte. Als ich ausstieg, überquerte ich einen rotmarkierten Fahrradweg. Blitzartig erschien mir dieser als roter Teppich, über den ich schritt. Was war nur mit mir los? War ich auf dem Weg, verrückt zu werden, oder arbeitete ich das Trauma der Frühgeburt auf?

Mittlerweile war es Mittag geworden und ich verspürte großen Hunger und Durst. Den ganzen Tag über hatte ich noch nichts gegessen und getrunken und die Hitze war quälend. Ich setzte mich auf eine Bank und hielt inne. Schon wieder schwirrte ein neuer Gedanke durch meinen Kopf. Konnte ich in meinem Zustand noch mit Geld umgehen? Vor einer Bank hielt ich an. Glücklicherweise ging ich nicht hinein, sondern betrachtete mir nur von außen die Verkaufsangebote für Häuser. Ich hielt die Preise für gerechtfertigt und setzte meinen Weg zum nahegelegenen Gemüseladen fort. Dort kaufte ich zwei Bananen und eine Flasche Cola. Nachdem der Hunger gestillt und der Durst gelöscht war, setzte ich meine Reise fort. Der Weg führte mich durch den nächsten Park, vorbei an verschiedenen Brükken, welche mit Engelsskulpturen verziert waren. Ich glaubte zu diesem Zeitpunkt, daß die Engel als Beschützer und Boten über mich wachten. Unter einem Ginkobaum legte ich eine kurze Pause ein. Der Baum war über und über mit grünen Blättern geschmückt. Ein einzelnes gelbes Blatt lag auf dem Boden. Dieses hob ich auf und steckte es in meinen Rucksack. Ich wollte ein wenig von der Widerstandskraft des Ginkobaumes bei mir tragen.
Am Nachmittag traf ich zu Hause ein. Es blieb mir noch eine Stunde Zeit, dann wollten mich meine Freundin Laura und ihre Tochter Marie besuchen. Marie und Sarah gingen zusammen in eine Kindergartengruppe. Die Kinder würden ein wenig miteinander spielen, während wir Erwachsenen Zeit zum Unterhalten hatten. Rasch besorgte ich noch Kuchen beim Bäcker. In den noch verbleibenden zwanzig Minuten wollte ich Sarah und Tim vom Kindergarten abholen. Ich war gerade auf dem Weg zur Kita, da begegnete mir Robert und suchte das Auto. Oh Schreck. Das hatte ich vorgestern am Institut stehenlassen. Ich hatte es schlichtweg vergessen. Er schickte mich los, das Auto zu holen. Mein Protest, daß ich vollkommen erschöpft war, zählte nicht. Also rannte ich zur nächsten Straßenbahnhaltestelle und fuhr auf Arbeit, um von dort das Auto zu holen. Während dieser Zeit holte Robert die Kinder von der Kindereinrichtung ab. Als ich zu Hause eintraf, wartete meine Freundin bereits auf mich. Gemeinsam aßen wir Kuchen und spielten mit den Kindern.
Schon seit Tagen schlief ich nicht länger als vier Stunden in der Nacht. So auch in dieser. In Gedanken ließ ich den letzten Tag Revue passieren. Es war so viel geschehen. Ich war total aufgedreht. Immer

wieder beleuchtete ich alle Geschehnisse von mehreren Seiten. Selbst die einfachsten Dinge des Lebens enthielten plötzlich Symbolcharakter. Die Gedankenflut schien mich zu erdrücken.
In der folgenden Nacht um drei Uhr stand ich auf und nahm ein Bad. Vorher legte ich meine Kette, die Uhr und den Ehering in eine Glasschale. Nach dem Bad zog ich mein rotes Kleid und die roten Absatzschuhe an. Bereitete das Frühstück für meine Kinder vor und fuhr eine Stunde früher als sonst zur Arbeit. Auf dem Weg dorthin zwinkerte mir ein Polizist aus dem Streifenwagen zu. Mein Herz pochte laut. Ich glaubte, für diesen Tag polizeilichen Geleitschutz zu haben. Ich fuhr zum Institut und räumte meinen Schreibtisch auf. Anschließend ging ich in die Stadt, setzte mich auf eine Bank und beobachtete die vorbeihastenden Menschen.
Plötzlich verspürte ich Lust, einzukaufen, Abschiedsgeschenke für die Familie meines Mannes, da mir das Thema Trennung nicht mehr aus dem Kopf ging. Nachdem ich einen Kreditkartenvertrag unterzeichnete, obwohl ich bisher immer Abstand davon genommen hatte, buchte ich eine Reise, welche ich niemals antreten würde. Leider konnte ich auch später nicht mehr von der Reise zurücktreten. Sie war fest gebucht und das Geld war weg. Mein Konto wurde zusehend geplündert. Mittags hatte ich alle Abschiedsgeschenke besorgt. Jetzt war es an der Zeit, den Heimweg anzutreten.
Dort angekommen, tauschte ich das rote Kleid gegen eine kurze Jeanshose und ein T-Shirt.
Am Nachmittag besuchte mich beunruhigt meine Schwester. Wir unterhielten uns lange über den vergangenen und heutigen Tag. Wenngleich sie meinen Ausführungen nicht immer folgen konnte, nahm sie sich viel Zeit für mich. Robert holte währenddessen die Kinder von der Kindertagesstätte. Später gingen wir gemeinsam zum Kinderarzt. Dort hatte ich einen Termin zur Vorsorgeuntersuchung und Impfung für meine Kinder vereinbart. Nach dem Arztbesuch schlenderten wir gemeinsam über den Markt. An diesem Tag kaufte ich Dinge nur paarweise und gab großzügig Trinkgeld. In meinen Gedanken war dieser Tag für mich der Tag der Trennung und Gemeinsamkeit. Ich glaubte, daß ich nach einer Trennung von meinem Mann auf eine andere Art und Weise wieder zu ihm finden würde.
Am Abend zog ich meinen schwarzen Hosenanzug an. Anschließend fuhr mich meine Schwester mit den Kindern zu meinen Eltern. Dort

angekommen, aßen wir zusammen Abendbrot. Im Anschluß daran brachte ich die Kinder ins Bett. Meine Schwester und ich unternahmen einen ausgedehnten Spaziergang, wobei ich ihr unentwegt erzählte, was ich in den letzten Tagen erlebt hatte.
Am Abend, als ich zu Bett ging, übermannte mich wieder panische Angst. Ich durchlebte die Probleme und das Leid von mir nahestehenden Personen. Es war fürchterlich. Es plagten mich endlose Gedanken und Qualen. Irgendwie war alles aus dem Gleichgewicht geraten. Die anhaltenden Angstzustände waren so belastend und quälend, daß sie mein Leben zusehends beeinflußten. Wie schon in den letzten Nächten schlief ich nur wenige Stunden. Meine Gedanken kreisten unentwegt um die Trennung von Robert. Es wurde Zeit, endlich professionelle Hilfe in Anspruch zu nehmen.
Beim morgendlichen Frühstück kamen wir zu der Ansicht, daß ich einen Arzt aufsuchen sollte. Meine Schwester begleitete mich zur Ärztin. Nach einem ausführlichen Gespräch bekam ich einen Überweisungsschein für die Aufnahme in ein nahegelegenes Krankenhaus.
Die erste Nacht in der Klinik schlief ich kaum. Ständig wälzte ich mich im Bett hin und her. Die Fülle an Gedanken und Gefühlen erdrückte mich fast. Ich setzte mich auf das Bett und versuchte verzweifelt, nachzudenken. Aber die Angstgefühle beherrschten mich vollends. Einmal fühlte ich mich wie eine Göttin. Ich stand über allen Dingen und war etwas Besonderes, etwas Außergewöhnliches. Im nächsten Augenblick hatte ich Angst um meine Kinder, welche jetzt ohne mich waren.

Die erste Woche im Krankenhaus war die schlimmste. Während dieser Zeit durchlebte ich in einem fort Ängste. Sie bestimmten zu diesem Zeitpunkt rundum mein Leben. Die größte Furcht war die vor dem Tod. Ich hatte panische Angst davor, meine Kinder zu verlieren, insbesondere Tim.
Nach fünf Wochen stationärem Aufenthalt konnte ich die Klinik verlassen. Während dieser Zeit wurde ich medikamentös eingestellt. Im Rahmen der Krankheitslehre setzte ich mich aktiv mit meiner Erkrankung auseinander. In Gesprächen erarbeiteten wir unter anderem die Ursachen der Beschwerden, die Anzeichen, die Vermeidung und die Behandlung der Krankheit. Nach zwei Wochen begannen die Arzneimittel zu wirken. Die mich bis dahin beherrschenden Äng-

ste spielten nur noch eine untergeordnete Rolle. Langsam konnte ich die Realität wieder wahrnehmen. Ich ordnete nicht mehr jeder Situation eine oder mehrere Bedeutungen zu. Allmählich kehrte Ausgeglichenheit in meinen Körper zurück. Schrittweise wurde ich wieder belastbarer. Aber es folgte eine monatelange Erschöpfungsphase.
Ein massives Problem hatte ich bei der Einnahme der Medikamente. Ich reagierte ausgesprochen empfindlich auf deren Nebenwirkungen. Unter der Einnahme eines Medikamentes nahm ich innerhalb weniger Wochen dreißig Kilogramm an Gewicht zu. Das war entsetzlich. Bisher war ich immer schlank gewesen. Ich konnte Schokolade essen, ohne auch nur ein Gramm zuzunehmen. Jetzt erkannte ich mich im Spiegel kaum wieder. Ich war fett und aufgedunsen. Meinen Körper wollte ich nicht mehr akzeptieren. Mein Selbstvertrauen schrumpfte auf ein Minimum. Ich war nicht mehr ich selbst, sondern hatte das Gefühl, in einem anderen Körper zu stecken. Mein Äußeres empfand ich als monströs. Ich schämte mich für dafür. Meine Stimmungslage wurde zunehmend bedrückter. Mehrere Versuche, bei Ernährungsberatungen abzunehmen, schlugen fehl. Nur der felsenfesten Glaube und der Wunsch, nochmals attraktiv auszusehen, halfen mir damals beim Abnehmen. Nach sechs Monaten hatte ich es geschafft. Ich hatte einundzwanzig Kilogramm abgenommen. Endlich sah ich wieder feminin aus. Mein ursprüngliches Gewicht erreichte ich nicht, aber meine damalige Figur konnte ich akzeptieren.
Nach dem Krankenhausaufenthalt schloß sich eine dreimonatige Behandlung in der Tagesklinik an. Dort fanden vielseitige therapeutische Angebote statt, wie Musik-, Sport-, Schwimm- und Ergotherapie. In Einzel- und Gruppengesprächen konnten aktuelle Probleme diskutiert werden. Eine Angehörigengruppe ermöglichte den Informationsaustausch mit den Familienmitgliedern. Während dieser Zeit versuchte ich, mein Leben neu zu organisieren. Durch die Medikamenteneinnahme bezog ich zwar keine Werbeplakate mehr auf mich und auch die Gedankenflut war gebannt. Dennoch spürte ich eine zunehmende Leere in mir. Mein Gehirn glich einer gelöschten Festplatte. Sämtliche Daten mußten erneut aktiviert werden. Erst nachdem ich verschiedene Berichte gehört oder gelesen hatte, waren diese Informationen wieder abrufbereit. Ich fühlte mich hilflos und hoffnungslos zugleich. Wann würde ich endlich wieder normale Gedankengänge vollziehen können? Fände diese Niedergeschlagenheit

bald ein Ende? Warum konnte ich mich über nichts mehr freuen? Weshalb empfand ich kein Interesse mehr am Musizieren? Fragen über Fragen, auf die ich keine Antwort wußte.
Erst im Laufe der Zeit wurde ich von Woche zu Woche belastbarer, bis ich nach viermonatiger Pause meine Arbeit wieder aufnehmen konnte. Zunächst entschloß ich mich, eine Wiedereingliederungsphase durchzuführen. Für den Anfang bedeutete das, daß ich nur drei Stunden am Tag meiner gewohnten Arbeit nachging. Die Arbeitszeit verlängerte sich von Woche zu Woche, bis die Arbeitszeit wieder zweiunddreißigeinhalb Stunden betrug. Die regelmäßige Arbeit strukturierte meinen Tagesablauf. Der Tag füllte sich wieder mit Sinn und Erfüllung. Unterstützung erhielt ich auch von meiner Arbeitsgruppe. Meine gesamte Energie widmete ich wieder meinen Kindern, dem Beruf, und engagierte mich sozial sehr stark.
Zwischenzeitlich hatte ich mich mit Robert weitestgehend versöhnt. Wir versuchten zum zweiten Male, ein halbwegs normales Familienleben zu führen.
In meiner Freizeit begann ich, wieder zu singen. Ich entschloß mich, in einem Chor mitzusingen. Nachdem ich die aktuelle Lage der Chöre im Wohnumfeld gecheckt hatte, entschied ich mich für den Gospelchor der Kinderklinik. Es war ein kleiner Chor, der mit dem Chorleiter aus elf Personen bestand. Fast alle Sänger hatten kleine Kinder, welche wir zur Probe mitbrachten. Einmal wöchentlich trafen wir uns zum gemeinsamen Musizieren. Josef, unser Chorleiter, organisierte mehrere Auftritte, wie die Eröffnung eines Ärztekongresses, Konzerte in der Adventszeit, und wir sangen in der Kinderklinik auf verschiedenen Stationen. Leider verließ uns Josef knapp eineinhalb Jahre später. Seine befristete Stelle an der Kinderklinik war ausgelaufen und wurde nicht mehr verlängert. Er fand fünfhundert Kilometer weiter eine Anstellung und zog mit seiner Familie in die dortige Stadt. Bedauerlicherweise konnte kein neuer Chorleiter gefunden werden. So löste sich unser Gospelchor auf. Seitdem habe ich mich auch nicht mehr bemüht, in einem neuen Chor mitzusingen.
Nach meiner Erkrankung war es mir endlich möglich, Tim als kleinen, inzwischen fast vierjährigen Jungen wahrzunehmen. Ich merkte es daran, daß meine Sätze nicht mehr damit anfingen: „Tim ist ein ehemaliges Frühchen.“ Mit der Zeit wurde er zusehends stabiler. Die kleinen „Aussetzer“ beobachtete ich nur noch selten. Auch die Mit-

telohrentzündungen traten nicht mehr so gehäuft auf. Sein Immunsystem stabilisierte sich allmählich. Wenngleich er auch heute noch ein sehr zarter kleiner Knabe ist, so ist Tim doch eine Kämpfernatur.
Im Sommer feierten wir Sarahs Schulanfang. Ein neuer Lebensabschnitt begann für uns alle. Die behütete Kindergartenzeit war zu Ende. Von jetzt an galt es für sie, neue Aufgaben und Anforderungen zu meistern. Aufgeregt wie wohl alle Schulanfänger sind, konnte es Sarah gar nicht mehr erwarten, in die Schule zu gehen, so groß war die Vorfreude darauf. Am großen Tag der Festlichkeit war Sarah schon früh am Morgen munter. Ungeduldig weckte sie uns alle. Nachdem sie ihr neues mintgrünes Kleidchen angezogen hatte, setzte sie ihren Ranzen auf und wollte schon zur Schule starten. Doch wir hatten noch eine Stunde Zeit.
Zum Frühstücken war sie viel zu aufgeregt. Endlich gingen wir los. Im Schulgebäude angekommen, stiegen wir die Treppen hinauf bis in die dritte Etage. Das Schulhaus war festlich geschmückt mit Zuckertüten und Girlanden. Oben in der Aula angekommen, wurde Sarah von ihrer zukünftigen Klassenleiterin in Empfang genommen. Zunächst begrüßte uns die Direktorin und hielt eine kurze Ansprache. Anschließend gestalteten die Kinder der dritten Klasse ein buntgemischtes Programm. Nach der Feierstunde wurden die Kinder in Klassen aufgeteilt und folgten der Lehrerin in die Klassenzimmer. Jedes Kind erhielt dort seinen zukünftigen Sitzplatz. Es dauerte nicht lange und wir Eltern durften das Zimmer betreten, um unsere ABC-Schützen zu fotografieren. Im Anschluß daran wurden die Zuckertüten verteilt.
Von mittags bis zum späten Abend feierten wir im Kreis der Familie. Zwei Jahre später begingen wir einen genauso schönen Schulanfang mit Tim.
Momentan bereitet die Schule den Kindern noch viel Spaß. Sie bringen bisher gute und sehr gute Noten mit nach Hause. Sarah hat viel Freude beim Erlernen von Sprachen. Tim rechnet gerne.

Trotz der regelmäßigen Einnahme der Medikamente erkrankte ich drei Jahre später zum zweiten Male. Wiederholt begann ich, Plakate auf mich zu beziehen, und die Gedanken über die Trennung von meinem Mann breiteten sich wie ein Lauffeuer aus. Rechtzeitig nahm ich ärztliche Hilfe in Anspruch. Erneut begab ich mich ins

Krankenhaus. Dieses Mal dauerte der Aufenthalt drei Monate. Ein schier endlos langer Zeitraum. Mich plagten erneut Angstattacken. In Gesprächen erfuhr ich, daß meine Erkrankung häufig nach belastenden Lebensereignissen auftritt. Bei mir waren dies die Traumatisierung durch die Frühgeburt mit all ihren Problemen und meine immerfort währende Ehekrise.
Systematisch wurde ich auf andere Medikamente eingestellt. Bis mein Körper auf die Umstellung der Präparate reagierte, vergingen einige Wochen. Doch es folgte wieder eine monatelange Erschöpfungsphase. Diese war gekennzeichnet von Niedergeschlagenheit, Hilflosigkeit, Isolation, Müdigkeit und verlangsamtem Denken. Ich war gefangen in meinen einfachen Gedankengängen. Die Leere in meinem Kopf zermarterte mich zusätzlich. Wie schon bei der ersten Erkrankung stürzte ich in ein tiefes Loch. Mein Gehirn war wieder einmal scheinbar ohne Informationen. Viele Gedanken existierten einfach nicht mehr. Nur mühsam füllte ich mein Gedächtnis wieder mit Wissen auf.
Durch die Medikamenteneinnahme stabilisierte sich mein Zustand. Allerdings bewegende Ereignisse wie Freude, Neugier, Trauer, Wut, Stolz und anderes kann ich kaum empfinden. Diese Emotionen wichen einem einigermaßen ausgeglichenen Gemütszustand.
Erneut schäme ich mich meines Übergewichtes. Abermals habe ich zwölf Kilogramm an Gewicht zugenommen. Wiederholt versuchte ich, während einer zehnwöchigen Ernährungsberatung meine Fettpolster zu verringern. Täglich schrieb ich einen Ernährungsplan. In diesem stand, welche Speisen und Getränke ich zu mir genommen hatte. Wieder einmal hatte mich eine Heißhungerattacke überrollt. Oftmals erschreckte ich selber, wenn ich mir durchlas, was ich alles verschlungen hatte. Leider gelang mir die Gewichtsreduktion überhaupt nicht.
Zusätzlich kämpfe ich noch mit einer anderen Nebenwirkung der Medikamente, nämlich mit einem leichten Tremor, einem Muskelzittern, in den Beinen. Dieses Zittern tritt besonders während der Ruhephasen auf, so daß ich meist die Muskulatur anspanne und kaum zur Entspannung komme.
Erst neulich war ich beim Zahnarzt zur Kontrolluntersuchung. Während der Behandlung lag ich mit zitternden Beinen auf dem Stuhl. Die Vibration erfaßte meinen gesamten Körper. Dies war mir pein-

lich und ich war bestürzt. Es ist belastend, jedes Mal erklären zu müssen, daß dieser Tremor nicht durch Angst, sondern bedingt durch die Medikamenteneinnahme auftritt.
Trotz alledem nehme ich meine Medikamente regelmäßig und pünktlich ein. Mir ist bewußt, daß die Erkrankung jederzeit erneut ausbrechen kann. Doch hoffe ich, daß dies nicht so schnell der Fall sein wird.

Nach sechs Monaten konnte ich meine Arbeit wieder aufnehmen. Abermals begann ich den Widereinstieg ins Berufsleben mit einer stundenweisen Wiedereingliederung. Stückchenweise wurde ich wieder belastbarer. Und nach einigen Wochen fühlte ich mich ganz belastungsfähig. Die Arbeit bereitet mir Spaß und gibt meinem Leben Erfüllung.
Die Beziehung zu meinem Mann ist ein stetiges Auf und Ab. Die Erkrankung trieb zusätzlich eine tiefe Kluft zwischen uns beide.
Ich war mit meinen Kindern zu Hause ausgezogen und suchte uns eine kleine Wohnung. Diese richtete ich gemütlich ein. Für alle war es erst einmal eine ziemliche Umstellung. Jetzt war ich wieder auf mich alleine gestellt. Ich gestaltete unseren Tagesablauf neu. Früh am Morgen bringe ich Tim und Sarah zur Schule. Anschließend fahre ich mit der Straßenbahn zum Institut. Am Nachmittag hole ich beide Kinder von der Schule ab. Zu Hause erledigen wir zusammen die Hausaufgaben. Es bleibt noch etwas Zeit zum Spielen, und dann bereite ich in der Küche das Abendbrot vor. Alle vierzehn Tage am Wochenende holte Robert die Kinder zu sich. Für die Kinder war es eine besonders schwere Zeit. Sie verstanden oft nicht, warum Robert und ich nichts mehr gemeinsam unternahmen. Warum wir jetzt getrennte Wege gingen? Wenn Robert die Kinder wieder zu mir brachte, waren sie nicht selten aggressiv mir gegenüber. Sie waren wie ausgewechselt. Ich brauchte mehrere Tage, bis der gewohnte Rhythmus und Ruhe in die Kinder einzogen. Es war auch für mich eine sehr schwierige Zeit.
Eines Tages stand Robert vor meiner Tür und fragte mich, ob ich einer Eheberatung zustimmen würde. Er wollte unserer Beziehung, welche immerhin sechzehn Jahre Zusammensein bedeutete, noch eine Chance geben. Wir unterhielten uns ausgiebig an diesem Nachmittag. Schon lange nicht mehr sprachen wir so eingehend mitein-

ander. Ich stimmte der Paarberatung zu. Kurzfristig konnte ich einen Termin mit der Therapeutin vereinbaren. Einmal wöchentlich suchten wir diese auf und analysierten die Probleme unserer Beziehung. In mehreren Gesprächen setzten wir uns mit meiner Erkrankung auseinander, überlegten, wo die meisten Reibungspunkte in unserer Beziehung entstanden, und was dagegen unternommen werden könne. Ein anderer Schwerpunkt lag darin, die Kommunikation zwischen Robert und mir zu verbessern. Leider ließen sich nicht alle erarbeiteten Erkenntnisse in die Praxis umsetzen. Doch ich glaube, das war auch nicht zu erwarten. Unsere Beziehung hat sich auch nach der Beratung nicht grundlegend verändert. Vielmehr hat sich in der Zwischenzeit der Alltagstrott wieder eingeschlichen. Ich beschäftige mich weiterhin intensiv mit den Kindern und Robert verbringt die meiste Zeit in seiner Firma. Die einzige Veränderung ist, daß er zu uns in unsere neue Wohnung gezogen ist.

Als mein Blick zur Uhr wandert, ist es schon fast sieben. Während ich meinen Gedanken nachhänge, läuft die Zeit unentwegt weiter. Schnell springe ich aus dem Bett und wecke Sarah und Tim. „Guten Morgen, ihr beiden. Es ist Aufstehzeit. Heute müßt ihr euch etwas beeilen." Ich öffne das Kinderzimmerfenster und ein frischer Frühlingsduft weht herein. „Kommt! Aufstehen!" Ich ziehe bei beiden Kindern an der Bettdecke. Aber sie halten diese fest. „Ich möchte noch fünf Minuten liegenbleiben", sagt Sarah. „Ich auch", antwortet Tim. „Na gut, noch fünf Minuten. Dann wird aufgestanden." In der Zwischenzeit verschwinde ich in der Küche, koche Pfefferminztee und fülle diesen in die Tassen. Geschwind decke ich den Frühstückstisch. Es gibt Cornflakes mit Milch. Nachdem die Sprößlinge gefrühstückt haben, bringt Robert sie in die Schule. Ich währenddessen räume den Frühstückstisch ab, setze mich im Morgenmantel auf die Couch und betrachte mir einen Stapel Fotoalben.